U0919066

Gold Digger
香奈儿女孩

白薇/著

CFP 中国电影出版社

图书在版编目（CIP）数据

香奈儿女孩 / 白薇著. —北京：中国电影出版社，2015.2
ISBN 978-7-106-04095-6

Ⅰ. ①香… Ⅱ. ①白… Ⅲ. ①长篇小说—中国—当代 Ⅳ. ①I247.5

中国版本图书馆CIP数据核字（2015）第027438号

责任编辑：贾　伟
封面设计：三鼎甲
版式设计：三鼎甲
责任校对：周　骁
责任印制：庞敬峰

香奈儿女孩

白薇　著

出版发行　中国电影出版社（北京北三环东路22号）邮编100029
电话：64296664（总编室）　64216278（发行部）
64296742（读者服务部）E-mail : cfpygb@126.com
经　　销　新华书店
印　　刷　北京凯达印务印刷有限公司
版　　次　2015年5月第1版　　2015年5月北京第1次印刷
规　　格　开本/880×1230毫米　1/32
印张/5.75　　字数/115千字

书　　号　ISBN 978-7-106-04095-6/I·0983
定　　价　35.00元

前言

我自然是落了俗套的写了感情。

我是一个没有感情很难成活的人，感情是证明自我真实存在的唯一途径，好在还没有糟糕到相信，可惜又糟糕到太过不相信。

和我相同的人大概有很多，试图从感情中寻找一点存在感，然后更加的迷失。平日里哼着细枝末节的一二三，上场时依旧是武装到牙齿的坚硬。

在感情里，学会了如中年人一般去克制，忘记了如何像少年一样去爱。在自己的城池里上演着一场场内心戏，台下如此空空荡荡，一场场华丽盛大的孤芳自赏。

很多人用一生的时光去写一封长长的情书，写到流不出眼泪，写到心脏停止跳动，写到绝望，写到盼来了苦等的死亡，终究是换不来一个懂得。

我们聪明地轻而易举地拆穿那些简单明了的谎言，却不够智慧去读谎言下复杂黯然的真相。

疲倦了那些纯真的脸如何被社会揉搓成一团抹布弃置脚下的故事。因为其实，我们一直有机会选择，只是我们总是只看到了一个选项。

说说这本书吧。

有人说这是一本讽刺社会的书，我没有如此愤世嫉俗，不过是轻叹那些年轻失落的容颜。

写这本书并没有耗费我太多的时间或者精力，因着它是有着世俗的艳丽的，像太阳底下的一枝牡丹，不藏不掖，坦荡荡地接受各色目光的检阅。世俗是好东西，是一个让人在发现自己的平庸后不至于太过自责的绝好理由，书里的女孩们是世俗的或是被世俗所累的，也是鲜活的。明媚到让你不忍苛责，年轻到想不了色衰而爱弛，爱弛则恩绝那么远；却唯独无法相信感情，大约是知道这世上信了的都没有落得什么好下场，毕竟，空想当年，言约无据。

她们终究是明白了韩剧看太多是不好的，大叔和暖男没有关系，他们只是具有作为一个成熟男人对女人的一切洞察力而已；高帅富没有那么无脑，对女人并没有草根男生对女人那种吃不到葡萄说葡萄酸的憎恨；白富美也许比丑女痴情起来夸张得多，因为她既单纯又自负；感情这东西，水至清真的就没有鱼，跨不过这道坎只能质本洁来还洁去。

老些的人都知道被现实打败的感情其实没有那样的不堪，它甚至因为脆弱而更显得如此真实。爱情是一场幻觉，它如此自由。

某个潮湿百无聊赖的下午，这场幻觉催眠了你的睫毛，那天美的如黄梅时节的一场旧梦。

然后生活继续。

白 薇

二零一五年春节于绿岛

叶影终究是在北京扎了根。这扎根付出的代价是叶影从此得抬高了脖子走路，提防着那些和从前的她一样想在北京扎根的莽草般一茬一茬涌过来的人群。偶尔地，她还是露出了一点马脚，看着这些人的眼里有了不该有的怜悯，这怜悯是万千扒在她嗓子眼上的蚂蚁，她只得生生的把它们咽了下去。是千万不能张开嘴的，那便犯了大忌，让人看到你居然还有良心。

叶影有时会想想初来北京时身边的那群人，在长达四年的角逐中，她没有想到自己居然是唯一的幸存者，她对自己的成功有些战战兢兢，又多少有些沾沾自喜。

苏苏离开北京时甚至没有带走自己的日记，叶影翻翻，苏苏在自己大学日记的最后一页这样写着：

“北京，我从来没有如此的靠近过北京，北京，我从来没有如此的远离过北京，当她耗尽了我最后苟延残喘的温情，当我的哀乐终于在她的冷漠面前妥协。初来北京，我是如此的为她心动，她满足了我关于物质世界的一切美好想象，我胆怯而羞涩地张望着这个城市，甚至单纯地以为看到的生活便是自己以后的生活，五光十色，灯红酒绿。直到被硬生生地拽到现实面前，猝不及防，我才发现，这不是我的北京。

我最后的青春突然间消失，待我发现时已经被用尽，像夏季的骤雨，短暂、激烈、粗暴，满地都是被踩的不成模样的心碎。”

那本日记是苏苏在大一时买给自己的，是送给自己的生日礼物，叶影还记得苏苏那天坐在床上哭说自己头一次过这么冷清的生日，一个给她说生日快乐的人都没有。叶影翻到日记的第一页，苏苏在上面重重地写着：就算一个人，也要好好长大。

叶影有时会对着刚进大学时和白霜、苏苏、金蔓的合影发呆，她安静地望着照片中几张稚气的脸，感觉喉咙上好像粘了发了霉的糖，发不出声音，憋得她难受。她用手拂拂照片上的灰尘，把照片收起来，望着窗外的车水马龙，知道一天又这样过去了。

叶影遇见 Richard 是在苏西黄，周三的 Lady's night，这样叶影便不用付门票。叶影脱掉大衣，像一条鱼一样钻进了烟雾缭绕的舞池。她一眼看到了站在舞池边的 Richard，金发，高大，英俊，穿着得体。叶影要了一杯百龄坛，朝 Richard 那边挤过去努力吸引他的注意。实际上，让人不注意她很困难，至少不注意到她浑身都是亮片的露背短裙和蛇一样扭来扭去的身子很困难。叶影看到 Richard 饶有兴趣地望着她，得意地冲他抛了个媚眼，笑了笑，往吧台上挤。

果然，叶影在吧台上没有坐多久，Richard 就出现在了她旁边的座位上。她故意不看他，有一搭没一搭的回着另一边坐着的男人的搭讪。Richard 有些尴尬的坐在旁边，自顾自的点一杯 Mojito。

叶影突然对酒保说："我要一杯一样的。"Richard 不顾旁边的男人说话，赶紧说："算我的，我请这位小姐。"

叶影接过酒，这才笑盈盈地转过身子，说："谢啦，帅哥。"

Richard 伸出手来说："Richard。"

叶影心里笑了笑，心想只有外国人才搞握手这套，老土。但还是把自己冰凉的小手在Richard手上带了一下，说："Yoyo。"

Richard有着浅灰色狼一般的眼睛，他眯着眼安静地看着叶影，就好像看一个快要到手的猎物。Richard递给叶影一张名片，叶影并不看，装作随意的收到了随身带的小手包里。闲聊了几分钟，叶影起身说我要去用一下洗手间，在洗手间里，叶影迫不及待地打开那张名片，一个不认识名字的德国公司的CFO。叶影凑到镜子前，补了补唇膏，理了理头发，挺着胸朝外走去。

Richard还坐在老位置上，叶影凑过去，对酒保说："麻烦帮我拿瓶依云，加冰块。"Richard的手搂住叶影的腰，把叶影拉到自己的怀里，在她耳边问道："怎么不喝酒了。"

叶影咯咯咯地笑了两声，说："嗓子有点呛。"

Richard用手指划过叶影裸露的后背，说："和我去跳舞能好一点。"

叶影说："我刚刚跳够了，你去吧。"

"漂亮小姐没有给我她的电话，我是不会走的。"Richard笑着说。

"我若心情好打给你，你不就有了。"叶影扬了扬自己的手包。

"万一漂亮小姐心情不好怎么办？"Richard眨眨他的大眼

睛，无辜地问道。

“那我现在心情好，现在打给你。”

叶影翻出那张名片，边输号码边随意地问：“这个公司是做什么的？”

“哦，清洁能源，漂亮小姐是做什么的？”

叶影顿了顿，笑眯眯地说：“你慢慢猜，若猜对了我便告诉你。”

Richard 看着叶影，暧昧地笑了，说：“我不猜，漂亮小姐的漂亮让一切都不重要了。”

叶影笑笑说：“德国帅哥很会用中文夸人嘛。”

Richard 一时不知道接什么，叶影看看手机说：“时候不早了，我要走了，你好好玩。”

Richard 说：“我送你回家。”

叶影说：“不用，我和朋友约了宵夜。”说完摆摆手，说：“帅哥，好好玩哦。”叶影拿了大衣，走出去。初秋午夜的风吹在身上有些凉飕飕的，叶影站在街边打车，却还没有想好去哪里。车并没有那么难打，叶影上了车，司机问她去哪里，叶影说，先往北二环开吧。然后开始给金蔓打电话。

电话刚一拨出去，对方就接了电话，传来金蔓懒懒的声音：“宝贝，怎么啦？”叶影说：“我今天去你那借住一晚行吗？”金蔓说：“有客啊亲。”

叶影看看手机，对师傅说：“中财前面的学院派停吧。”叶影疲惫地上了楼，这是她前男友租的房子，她也不知道什么时候到期，反正前男友是半个月前就到期了。所以估计这房子她也就最多能再用不到一个月，她还没见过好心到把房租一下交一年的男人。

叶影进了屋，一股发臭的泡面味迎面扑来，可能是她上周走时忘记扔了。北京的房子只需要三天不打扫就都是灰尘，不过叶影什么也不想管，就想睡个觉。她倒在床上一下睡了过去。

叶影迷迷糊糊听到电话的声音，她看着屏幕上陌生的号码，接听。

电话那头居然是Richard充满磁性的声音。

有没有搞错，他不要睡觉的吗！叶影心里暗骂一句，有点冷漠的问："有什么事吗？"

"我在想晚上能不能请漂亮小姐去我朋友儿子的满月PARTY，在中国大饭店。"

叶影冷冷地说："我恐怕不是很感兴趣。"

"那我怎么样能让漂亮小姐愿意和我出来约会呢？"

叶影笑笑说："也许想个好点的主意能有点帮助。"

"那么也许漂亮小姐愿意周末去吃法国菜。"

叶影笑笑说："看出来你努力了。"

"那我们周末联系。"

"好，工作愉快。"

叶影挂了电话，一点睡意也无了，她爬起来看到镜子里花成一片的脸，开始卸妆。她心情到底是有些好的，毕竟她可能又有新的事情做了。无聊的学习、该死的大四，简直把她逼到了墙角，她必须得在一年内找到出路，她感觉自己的时间没有那么多了。

叶影想想自己的上一段恋情，简直是失败到家，她到现在都想不通自己为什么可以坚持大半年。

上个男朋友是自动消失的，所以严格意义上他们并没有分手，所以叶影不是很喜欢回到这里来，她很害怕突然看到前男友站在房间里。每次回到这里她第一件事就是把屋子反锁起来。

这一段恋情让她深感疲惫，对方像个没有安全感喋喋不休的孩子在玩找妈妈的游戏。虽然的确对叶影不错，甚至让叶影有时有那么一瞬间的错觉，觉得自己愿意这样下去，被一个孩子似的男人宠爱着，依赖着。不过幸好她是非常自私的类型，很快就鄙视自己居然产生这样的想法。半年之后叶影觉得自己的势利已经无法忍受这个男人的存在，是到时间摆脱他了。

她对男生说自己怀孕了，然后关机了三天。三天后叶影回去对男友说自己流产了，自己无法原谅让女人流产的男人。男生近乎发疯了，紧紧地拽住叶影的手歇斯底里地说："你根本没有给我任何机会去表达自己任何想法。"叶影冷冰冰地说："那你说说你会怎样？难道你会让我把孩子生下来？"

男生痛苦地摇摇头，第二天中午叶影才醒来，头痛得厉害，出去发现男朋友已经不见了踪影，厨房的桌子上放着一万块钱。没有任何字条。

叶影在那一刻没有任何痛苦，非常自然的把钱扔进了自己的手提包。

叶影洗完脸，敷了一层补水面膜，解救她可怜的被彩妆折磨了一晚的皮肤。然后拿起电话，打给金蔓，约她下午一起去后海边上喝茶。

每次见到金蔓，叶影日益膨胀的虚荣心就会受到刺激，叶影总是想，我一定要找一个非常有钱的男朋友，既然我不像金蔓这么幸运，天生含着金钥匙。

金蔓给叶影灌输的思想就是男人就是用来娱乐的，谁会玩，谁长得帅，谁让你高兴，就和谁在一起。不过叶影觉得男人是用来利用的，这也是她妈妈教给她的。她妈妈十来年前和她爸爸离婚狠敲一把，可惜后来又被自己的情人骗了，为了不失去她爸爸这张长期饭票，她一直没有再结婚，当然主要是没有找到足够有钱的男人结婚，这样她就可以心安理得地拿着她爸爸出于道义给她们母女俩的赡养费过活。

果不其然，这次见金蔓，金蔓又带着新买的包，金蔓对于包的痴迷超过了任何东西，尤其是香奈儿，她也许没买过几身香奈儿的衣服，但是几乎不会落下一个香奈儿的新包。

记得大一时，同宿舍的苏苏要去约会，矫情地说："一个女人手上没有挎着一个香奈儿怎么有勇气去约会呢？”

金蔓就简单粗暴地从柜子里揪出来一个香奈儿扔过去，说：“赶紧闭嘴约会去吧，小姐。不要在这里学奥黛丽赫本一个女人没有涂口红是无法读这样的信的这一套了。”

一旁的叶影看得目瞪口呆，心想如果刚才矫情的是自己该多么美好。

金蔓依旧是懒洋洋地靠在椅子上，问叶影：“发生什么事了？”

叶影赶紧把自己昨天晚上遇到 Richard 的事给金蔓汇报了一番，还不忘总结性的说一句：“目测又帅又有钱。”

金蔓猫眼一斜，说：“那好好玩吧。”

叶影说：“这次一定得钓个大的。”

金蔓暧昧地笑了笑：“老外嘛，应该挺大的，这个你放心吧。”

叶影嘴一努，推了金蔓一把，说：“说什么呢，我说有钱有钱有钱。”

金蔓噗一声笑出来，说：“对对对，你就这么点出息妹妹，晚上有事没，我的场子，一起出去玩。”

叶影说：“那肯定得去啊，都有谁啊？”

金蔓说：“我男朋友，还有些朋友。我想把白霜也叫来，想看看她出洋相。”

叶影说：“这不太好吧，毕竟一个宿舍的。”

金蔓说：“看不惯她那清高的官小姐的样。有帅哥，放心。”

金蔓看着叶影微微有点不情愿的脸，说："去吧，都富二代。你多钓几只肥的。"

叶影说："好吧，说不定我回宿舍会碰到她，我这两天准备把东西都搬回宿舍去。"

金蔓说："真够倒霉的你，马上就要回去和官小姐和小乡妞住一起了。你还是赶紧找个男人搬到个宽敞点的地方去吧姑娘。"

叶影回到宿舍，果然看到白霜，端着个长脖子在那里闲闲地喝茶。宿舍里依旧放着叶影一辈子不想听懂的法语歌。

叶影对白霜说："今天晚上金蔓请客，她说叫你一起去。"

白霜淡淡地说："好，我晚上也没有什么事。"

叶影突然有一点替白霜担心，说："你不生金蔓的气了吧。"

白霜轻轻抿了一口茶，笑笑说："我怎么会把时间花在这种事上呢。"

叶影被白霜一噎，突然不知道该说什么，心里的担心瞬间变成了恶心了。叶影接着说："我过两天要回来了。"

白霜这次头都没有抬，说："好的。"

晚上叶影到 KTV 时人都到的差不多了，放眼过去，几个男生都还算入眼，桌子上堆着七七八八的酒瓶。

金蔓看到叶影，一把把她拉过来，说："大家快看看，我们的叶影大美女来了，机不可失，失不再来，赶紧要电话啊。"

几个男生都开始哄笑起来，叶影也赶紧推开金蔓，然后找个空座位坐下来。叶影环视四周，却没有白霜的影子。

旁边的一个男生已经凑过来，说："美女，抽烟吗？"

叶影摇摇头，男生说："金蔓上次就说让我们见识一下什么是美女，果然啊。"

叶影对男生的话不以为意，说："这说得也太夸张了，你哪个学校的？"

男生说："上学就算了，我现在跟我爸学做生意，过两年再找个好点的学校弄个 MBA 学位就行了。你也大四是吧。"

叶影说："是啊，你家做什么生意啊。"

男生说："服务器。"

叶影说："设备供应商啊，不错嘛。"

男生努努嘴，说："别，妹子，这谁在供应链最底层我们都清楚。"

叶影轻轻用肩蹭蹭男生说："有空带我参观一下呗，找实习呢。"男生笑笑说："美女还找实习呢，够上进的，行。"叶影拽过酒杯，倒了两杯香槟，递给男生一杯，说："谢谢你了，那一言为定。"男生饶有兴趣的看看叶影薄薄的线一样的红唇，碰了下杯，说："美女放松点，世界都是你的。"

叶影正说的高兴，白霜推门而入。白霜一身白色紧身抹胸裙，头发高高的盘起来，手上托着一个小小的手包。白霜进来的那一刹那，包厢里突然好像安静了那么两秒钟。叶影看着白霜，哼哼了一句 :“我还以为赫本死了呢。”

金蔓坐在那里没有动，斜着眼望了望白霜，嘴上一下又扯出一个巨大的笑容，说 :“大小姐白霜来了。”

白霜已经对此习以为常，随便找个地方坐了下来。

叶影身边的男生问叶影 :“这姑娘谁啊？”

叶影微微有些不快，但还是笑着回答说 :“我们宿舍的，叫白霜。”

男生噗的笑出来，说 :“我还以为叫大小姐。”

叶影也笑笑说 :“是大小姐，官二代。”叶影说完笑盈盈地盯着眼前的男生。

男生晃晃手里的杯子，什么也没有说。

白霜身边的男生一见白霜坐下，就像苍蝇似的粘在了白霜身上，叶影远远的瞟到白霜带着一贯礼貌但是冷淡的微笑偶尔说着点什么。

金蔓突然嚷嚷起来 :“白霜，唱歌唱歌，赶紧点首歌。”

白霜笑笑说 :“我唱歌不好听，你们玩，我跟着高兴就行。”

金蔓一下把脸拉了下来，说 ;“白大小姐你别在这端架子。”

白霜盯着金蔓的脸看了好一会，然后笑笑说 :“金蔓你多心了，我点一首。”

金蔓马上来了劲，说 :“置顶置顶。”

白霜点了一首许哲佩的“疯子”，叶影觉得自己听着这歌压抑得想自杀，她看看白霜，发现她唱得很认真。除了知道白霜有一个非常英俊的男友外，叶影突然发现自己对白霜的感情世界一无所知。

白霜唱歌的时候，包厢里不知道为什么，又安静下来。白霜唱到一半，金蔓突然把歌切了，嚷嚷道："大小姐，你就不能来点喜庆的吗。"白霜也不生气，只淡淡地笑笑，说："我说过我唱得不好。"

不知道为什么，叶影居然有那么一点点替白霜心酸。白霜接下来什么也没有说，一直沉默的在那里玩手机。

金蔓俨然是喝多了，一下子跳到沙发上开始跳舞。金蔓的男朋友也站起来，一把把金蔓横着抱在怀里，金蔓一把搂住男友的脖子，两个人开始激吻。大家开始跟着起哄。叶影看着身边的男生，用高跟鞋踢踢他的裤脚，说："刺激吧。"

男生对叶影说："美女也想刺激一下？"叶影斜眼挑了男生一眼，抿抿嘴唇，只是咯咯笑，不说话。

男生一把把叶影推到沙发上，叶影勾着脚，不住笑。男生的嘴唇压下来的那一刻，叶影听到身边叫好声一片。男生的手在叶影的身上像一条蛇似的游来游去。叶影突然感觉自己左肩的衣服被扯开了。叶影并没有多么在乎，但她还是艰难地起身，凑到男生的耳边轻轻说道："喝大了吧，你知道我的名字吗。"

男生稍稍迟疑了一下，坐回到沙发上，但是手还是在叶影的大腿上反复地摩挲着。叶影轻轻地拉好衣服，一抬眼就看到了白霜冷漠的微笑。金蔓这时候大声叫起来 :“怎么就没戏了?白霜白霜，我们都来过了，该你了。”白霜冷冷地说 :“我就算了，你们玩。”金蔓一下就跳起来，说 :“白霜你不要给脸不要脸。”然后对着白霜身边的男生说 :“你这会怎么怂了? ”白霜旁边的男生憋红了脸，旁边的一男一女也跟着起哄，说 :“亲啊，亲啊。”男生突然一手搂住白霜的脖子，一下子亲了下去。白霜很痛苦地哼哼着，身边的人开始尖叫起来，叶影觉得自己有些害怕，有些兴奋，又有些幸灾乐祸。叶影有些紧张地看看金蔓，金蔓已经有点不知所以了，躺在男朋友的腿上斜着眼瞟着白霜。白霜突然猛的起身，把男生推开，狠狠地甩了他一巴掌。

叶影发现白霜永远都有让世界瞬间安静的本事。叶影坐在那里，不知道怎么办。金蔓突然瞪大了眼睛，然后脸上又恢复了平静，金蔓笑笑说 :“不好意思，惹我们大小姐生气了。”白霜直直的看着金蔓，金蔓被白霜看得有点虚，向后一倒，声音有点颤的说 :“这又是什么意思。”白霜什么也没有说，理了理衣服，拿了手包，推门而出。金蔓的男朋友有点不安的轻轻问道 :“是不是玩得有点过? ”金蔓一下扭过头来，眼睛珠都快蹦出来了，喊道 :“她大小姐脾气不上不下玩不起，倒是我的错了? ”旁边一女生也赶紧附和着，说 :“谁知道这人这么无聊。”金蔓男朋友赶紧说 :“好了好了，又不是多大点事，大家继续玩呗。”

这时叶影身边的男生轻轻捅捅叶影，问 :“你刚出去那同学是什么官二代啊? ”

叶影说："她爸一个副部长吧，管科技的。"

男生没有说话，过了一会，他拍拍叶影，说："美女，不早了，我要先走了，你留个电话给我？"

叶影愉快地说："没问题。"然后给男生拨号。男生走后，金蔓有点摇摇晃晃地跑到叶影旁边，神秘兮兮地说："怎么样？钓到没有？"

叶影笑着看着金蔓，说："你说呢？"

金蔓说："到时候请客哦。"

叶影推推金蔓，说："八字没一撇呢。"

叶影手机响了，叶影一看，是Richard。叶影把手机声音摁了，没接。金蔓看在眼里，笑笑说："爱耍手腕啊小妞。"

叶影俏皮地撩撩头发说："世界这么乱，装纯给谁看。"说完叶影又看了眼手机，说："不过是晚了，我要走了。"金蔓摆摆手，说："走吧走吧，反正一会也没人送你了。"叶影给大家道了别，走出包厢。等电梯的时候，之前亲白霜的那个男生突然跑过来，说："不好意思，你见到你那个同学能不能帮我道个歉，实在对不起了。"叶影觉得有点好笑，但还是点点头，说："没问题。"男生说："那个不然你把她电话给我行吗？等她不那么生气了，我亲自跟她说。"叶影有点不情愿，觉得这世界凭什么都围着她白霜转，便说："算了吧，你都把人家那样了她不会想听到你说话的。"男生一听有点急。说："美女，你是好心人嘛，不然我请你吃饭。"叶影嘟嘟嘴，说："我可没那么好说话。”男生说：“算了，不过美女你这么漂亮一个人站大马路上打车靠谱吗？我送你回去吧。”叶影本来想拒绝，但想想也是，便和男生一起上了电梯。

“我叫王达，美女你叫什么？”

“叶影，你也在上学？”

“是，不过不是什么好学校，不如美女你。”

走到 KTV 门口，王达说：“美女麻烦在门口等我一下，我去取车。”

叶影吓了一跳，说：“不是打车啊，你能开吗？”

王达说：“没问题的。”

过了两分钟，一辆白色的奥迪 Q5 开到了叶影面前。叶影上了车，男生拧开了音乐，很舒缓的轻音乐，不晓得是什么曲子。叶影靠在座椅上，突然有些睡意。不知道过了多久，叶影听到王达在轻轻地叫自己，原来快到学校了，叶影告诉王达麻烦拐到学院派小区。

很快就到了，叶影下车前，王达突然说：“美女，至少留个电话吧，下次一起出来玩。”叶影留了电话，说了声谢谢，反身转进了单元楼。

叶影又是一觉睡到大中午，她突然想到自己要搬回宿舍这事，非常的烦躁，她最后决定每天带一点东西回去。她搬东西回宿舍的时候，正好碰到白霜，白霜看都没看叶影，脸上没有任何表情。回到宿舍，叶影看到苏苏坐在自己的座位上翻漫画。叶影懒得理她，觉得她的小家子气让人无法忍受。叶影的电话响了起来，叶影一看，居然还是那个Richard，她接起电话，问："帅哥有何指示呢？"那边磁性的声音传过来："明天漂亮小姐想让我去哪里接她呢？"叶影说："不然定好时间，我自己过去好了，我不知道我之前会在哪。"Richard笑笑说："漂亮小姐很受欢迎嘛，七点半在布鲁宫可以吗？"叶影重复一遍："布鲁宫是吗？"那边问："对，漂亮小姐知道是在哪儿吗？"叶影说："知道，没问题。"

叶影挂了电话，赶紧拿出手机，百度布鲁宫是何方圣地，原来在前门23号里。叶影只去过那里的西班牙餐厅一次，印象中的鲜虾南瓜汤让她惊艳不已。想到又要试试里面的法餐，叶影想一定不会让自己失望。

突然叶影的手机又开始响了起来，一条短信进来：美女，晚上接你一起吃饭。王达。

叶影想想自己反正也没有什么事，一想到本来计划要把东西搬回宿舍来，叶影就脑袋里一千只苍蝇乱窜。于是非常果断地说：好。六点在我们学校东门？

OK。

叶影放下手机，看着自己乱哄哄的头发，实在懒得去洗澡。现在热水房好像也没有开，叶影一咬牙拿着盆和香波去了水房。她打开水管，凉水哗啦啦的开始流，叶影忍着冰凉的水在头皮上的刺激，快速地洗完了头，然后回宿舍开始化妆。叶影的头发滴滴答答把她的后背弄湿了一大片，睡衣像是粘在了她的背上。叶影对于这种事已经无所谓了，谁让宿舍不能用电吹风，一用保险丝就断，用牙膏皮接了好几次，都被宿管发现，通报批评了。

叶影想今天晚上该穿什么呢，也不知道要去什么地方。反正叶影的化妆几乎永远都是长睫毛大烟熏。叶影在贴假睫毛方面很有造诣，几乎是神来之笔，贴完后就算没有任何眼神，也会感觉是媚眼如丝。叶影对于小清新森女风这种东西向来没有什么感觉，她觉得人都是原始而直接的，没有男人会有心情管你今天读了什么书，穿着什么大摆裙忧伤地看着天空想到了什么。他们要的是娇艳欲滴的成熟苹果摆在他们面前，嗲嗲地问他们要不要咬一口。

叶影找到了一条橘红色的连衣短裙穿上，衣服上没有任何装饰，只是非常包身，她丰满的身体几乎要从裙子里跳出来。叶影开始翻鞋子，发现宿舍不剩几双鞋，她拎起来一双裸色大高跟勉强地套在脚上。突然发现鞋子的侧面不知道什么时候粘了一块口香糖。她把鞋甩掉，拿了块纸巾把口香糖拔掉，可是鞋子上还是有一圈浅浅的灰色。叶影拿来洗甲水，用棉签轻轻地沾了点洗甲水，硬是把它擦掉了。漆面的鞋子在那一块顿时暗了下来。叶影很烦躁，不过也懒得管了，把鞋子套在了脚上。她理了理头发，大概已经七成干了，大概过一会酒红色大波浪的形状就出来了。叶影在两颊上了一点 benefit 的玫瑰水，扑了一层粉，用正橘色的口红把嘴唇填满，双唇夹着纸巾抿了一下，把多余的颜色吸掉，然后涂了一层透明的唇蜜。

她看看表，还有二十多分钟，正好可以吸吸妆。这时苏苏突然凑过来说："叶影，你又出去玩啊。"

叶影点点头。苏苏接着说："真好，我都没什么地方去玩，叶影你下次去玩把我也带上吧。"

叶影刚想说我怎么会干这么丢份的事，但看看苏苏虽然毫无特色但还算白净的脸，勉强地点了点头。

苏苏又说："其实我明天也有个约会，那个男生家里好像是个处长，条件挺好的。"叶影心想苏苏你也就是这个水平了，于是笑着逗她说："那不错啊，你喜欢他吗？"

苏苏认真地说："他长得不帅，但是我也大四了，也不应该天天幻想这个幻想那个了。而且他家是北京的，我觉得可能对我以后帮助挺大。

叶影心想你真是小家子气，扯得够多的。就随口说："那你看看呗。"

苏苏看叶影显然没了兴趣，不说什么了。叶影百无聊赖地坐在那里。突然白霜推门而入。经过了昨天的事，叶影看着白霜总有些一种愧疚和尴尬，但是白霜依旧是没有任何事发生似的，白霜瞟了一眼叶影，随意地问："出去啊。"然后坐在自己的座位上开始补妆。叶影赶紧说："是啊，那个，其实是昨天坐你旁边的那个男生，他想给你道歉来着。"白霜没有说话，过了三秒，突然说："不必了。"

苏苏赶紧八卦地凑上来，说："昨天你们一起出去玩了？怎么啦怎么啦？"叶影摆摆手说："唉，不就是游戏玩输了之类的，没什么。"苏苏听了一副心不甘情不愿的坐在那里。

白霜瞟了苏苏一眼，面无表情地说："我被强吻了。"

苏苏一下跳了起来，说："这不得了啊，找他，找他算账啊！等等，白霜，他长得帅吗？"

白霜非常不耐烦地说了一句："我不记得了。"

苏苏又说："唉，反正没人是会有兴趣强吻我的，叶影，你明天帮我化妆行吗？我觉得我也应该走那种特性感的路线，这样可能机会比较大。"

叶影说："我明天有事情。"

苏苏不满地说："太不够意思了。"

白霜起身要走，又折了身子回来，说："我帮你化吧，我明天不回家。"然后拖着她的长黑纱裙消失了。

这时王达的短信也进来了，说：美女，我到了。

叶影提起挂在椅背上的白色小风衣披在身上，拿了手包，对苏苏说："我也走了，拜拜。"

叶影刚刚上车，就看到白霜拿着电话从走出校门，上了一辆刚刚在校门口停稳的京A牌照的奥迪。王达显然也看到了，有点不爽地说："刚还想你们学校还是有点人才的嘛，她就出来了。我还以为是真清高呢，搞半天是早都有下家了。"叶影刚想说那好像是她爸的车，但转念一想，自己这么为她图什么，于是笑笑说："本来不想跟你说的，看你估计也不想道歉了，这顿饭也别请我了。"说着笑笑，拉车门，准备走。

王达一把拉住叶影："我不是想找个理由约你出来嘛，怕你不答应，看你和林岳聊得那么开心。"

林岳是那天坐在叶影边上的男生。叶影笑笑说："这怎么会，朋友什么时候还嫌多了？"

王达的眼神扫过叶影露出来的圆滚滚的大腿，点点头，把车一气开到了工体门口的沸腾鱼乡，问叶影："美女能吃辣吧？"

叶影不太情愿地露出了一丝笑容，说："没问题，就我们俩？"

王达努努嘴说："怎么，又不愿意奉陪我了？"

叶影娇嗔地说："怎么会。"

王达显然已经是熟客了，麻利地点了馋嘴蛙，毛血旺，水煮鱼，干煸四季豆，替叶影要了一份酒酿圆子。

叶影看着一桌红，十分想大开杀戒，但是介于王达坐在对面，只能淑女的每个菜夹两口然后就低头研究那碗酒酿圆子。王达倒是毫不介意，大嚼大咽毫不忌讳，也不劝叶影多吃，似乎已经习惯了女人在她面前装淑女。

叶影一顿饭吃的没滋没味，既不敢放开了吃也不知该和王达聊什么。很快吃完了饭，王达看看表，不过8点左右，问叶影想去干什么。

叶影想了想，故作矜持地说："喝点东西去吧，吃的油大了点。"

王达歪着脑袋看着叶影笑了一下，说："行，美女做主。"

两个人又杀到三里屯去喝东西，王达话也不多，叶影觉得很是有点尴尬，又不好说要走，就问王达："金蔓今天干嘛呢？"

王达说："估计趴下了吧，昨天和她男朋友嗨大了。"叶影非常了解这对于金蔓是什么意思，金蔓玩起来可不是一般人可以比的。

王达摇摇头说："金蔓她一个女孩把自己糟践了，她男朋友就是个凯子，现在又带着她嗑药，我一点没法劝。"

听到这，叶影心中一惊，她没有想到金蔓居然吸毒。她突然有点害怕，问王达："你和金蔓很熟是吗？"

王达说："对啊，从小一起玩，我爸和他爸原来都一起在大国企工作，后来流行 BB 机时，我爸就到广州进好多那个 BB 机的挂绳弄到寻呼台去卖，她爸有点钱，我爸有点人，后来两个人就一起包了个寻呼台，靠寻呼台那两年赚了不少。后来我爸看呼机快不行了，就进军商业地产了，她爸跑到北京做手机代理，现在搞软件开发了。我爸后来钱赚得差不多了，就也跑北京来了。”

叶影笑笑说：“两位叔叔都是有眼光的人啊。”

王达说：“不敢不敢。”

过了一会，王达又说：“你那个同学，叫白霜的，她家庭很不好吗？”

叶影有点烦躁，觉得怎么又扯到白大小姐头上去了，笑笑说：“还可以吧，你问金蔓吧，她可能比较了解。”

王达看着叶影，像想安抚她似的问：“那你呢？”

叶影低头想了想，说：“我没什么好说的，爸妈很早就离婚了，我妈出轨。我跟我妈，不过我妈和她的男朋友们一个没成。”说完自嘲似的笑笑。

王达没有说话，想安慰叶影一下又不知从何说起，过了一会，说：“时候不早了，我送你回去吧。”

叶影有点吃惊，然后说：“好。”

叶影回到宿舍，宿舍里除了金蔓，剩下的人都在。

白霜窝在被子里和男朋友打电话，叶影听着声音感觉她隐隐约约是在哭。叶影坐在那里开始卸妆。过了一会，白霜从床上爬下来，身上只穿了一件空荡荡的大 T 恤，径直走了出去。

一会白霜回来，叶影看着白霜洗的湿漉漉的苍白的脸，说："我还以为你又要回家过周末了呢。"

白霜说："哦，我明天还有工作要做，不能回家住。"

叶影知道，白霜大概又要去走秀了，一天的工作，大概是散活。一般只要有四天以下的展会，白霜那几天都会很早就拎个大包跑出去，到晚上 8 点以后才回来，叶影从大二开始就习惯了。但是神奇的是白霜的成绩单居然还看得过去，而且白霜从没有兴趣讨好哪个老师，成绩都是她惨不忍睹的平时分和考试成绩拼出来的，可见白霜的大脑还是好用的。老师几乎能做到不讨厌白霜已经算是对白霜格外的好了，用一个教授的话说就是白霜的社会化和成熟和大学校园非常格格不入。似乎也没有什么男生很公开的追过白霜，据说有那么几个表示过好感的，只是来得快也去得快。

白霜的男朋友很英俊，虽然白霜似乎从未因此快乐过。叶影大一时见到白霜时白霜就和这个男生在一起。叶影还记得他总是一个人站在宿舍楼门口等白霜，影子细细长长的。白霜很少说起她的男朋友，偶尔碰到同学，大家感叹白霜你男朋友真帅时白霜只是微笑着点点头。

叶影曾经问白霜："你小时候想象中的爱情是什么样的？"

白霜轻轻地回答："支离破碎，毫无未来，和现在一样。"

叶影那时不是很明白白霜是什么意思，现在也不是很明白。

叶影问白霜："你不是说你家里不太同意你出去赚钱吗？你见完他们又不回家，他们不会起疑心吗？"

白霜说："不是我家人，我出去约会了。"

叶影突然感觉有东西噎在喉咙里说不出话来，她想了想说："你准备和男朋友分手了？"

白霜平静地说："我大二就和别人约会了，他一直知道。我找到合适的我们就分手。"

叶影觉得白霜的世界让人非常的难理解，她顿顿说："可是你们那么多年。"

白霜笑笑说："那又能怎么样呢？"

叶影说："那你不喜欢他干嘛还和他在一起。"

白霜不说话，低下头，过一会儿，又抬起头来，轻轻地说："我非常喜欢他。"

叶影更加困惑了，又问："那你们之间有什么问题吗？"

白霜说："他除了爱便什么也给不了我了，而爱，对于现在的我来说，是最为奢侈也是最为无用的。"

叶影不知道一个男人除了给白霜爱还需要给她什么，白霜在叶影看来跟公主一样，虽然她的世界是如此近在眼前，但是叶影明白这种世界对于自己是多么的遥不可及。

叶影对于白霜还是有些嫉妒的，除了女人天生的彼此间的妒恨，更多的还是觉得白霜的命比自己好一些，更受不了随时伴随白霜左右的矜高，每一次白霜出现，似乎都是提醒叶影自己活得是多么的卑微和轻贱。

白霜不再说些什么了。叶影便也不再问，寝室里的气氛突然沉默的有些尴尬。

果然第二天一大早，叶影就模模糊糊听到白霜收拾东西的声音，等她醒来，白霜已经没有了踪影。

叶影又想到要搬回宿舍的事，非常的头大。但又没有什么办法，简单的洗了把脸便去小区里收拾东西。

叶影看着曾经男朋友留下的痕迹，奇怪的突然有一点点伤心，也许是前一天受了白霜的感染，她突然觉得一个对自己那么好的男人怎么就走了呢？也许只是因为他无法给她想要的东西吧，可是可以给她的男人在哪里呢？会爱她吗？

叶影觉得自己居然想到了爱这个词，实在是非常的搞笑，爱情不过是给少不更事的女孩增加生活内容的，已经不适合她这种离退休老萝莉了，相比之下，还是钱来得更加现实一点。至少可以换来刚出炉的面包，新鲜的水果，柔软的羊毛毯子和精致的时装。

从刚上大学起，叶影就在男人中间穿梭来穿梭去，自然有着左右逢源的自信和骄傲，可这种不知尽头的生活让她焦虑不安，叶影望着镜子里的自己，只看到一片不可预测的灰暗未来。

但愿 Richard 能是尽头吧，至少在金钱上希望能够给她足够的安慰。

叶影想钓钓 Richard 的胃口，所以自然是不能穿得太性感的，可是保守了的话周末晚上在高级餐厅里碰到了那些交际花们自然是拼不过的。叶影想了想，找出了一件旗袍式样的黑色长裙套上，这裙子自然是可以把叶影的曲线包裹得好似裸体，胸部到脖子的黑色薄纱和大腿根部的高开叉又无比的性感。叶影没有画眼影，只是画了一条长长的眼线，嘴唇被樱桃红的哑光唇膏描得饱满而精致。叶影把头发高高盘起来，又散落了几缕弯曲的发丝在脸周，整个人看起来奢靡而慵懒，像极了十九世纪巴黎红磨坊里的女子。

叶影登上一双 12 厘米的黑色蕾丝面鱼嘴高跟鞋，整个人一下挺拔了起来，绛红色的脚趾随着叶影婀娜的身姿一步一现。

叶影来到了布鲁宫，走了进去，深深吸了一口气，这比她想象中还要雅致和堂皇。挑高顶的餐厅全部是法国古典主义的装修，挺拔英俊的管家在门口挂着礼貌而冷漠的微笑，外籍侍应在餐厅里穿来穿去。叶影顿了顿对领位说：“Richard 先生订了两位的桌。”

带位生查看了一下，很快有一个服务生来带叶影入座。是个角落里的位置，服务生把多余的餐具和椅子撤了。叶影坐在那里，看了看表，还有一刻钟八点。叶影拿出手机，想给 Richard 发一条短信，可又决定应该先熟悉一下环境。她望望四周，衣着考究的客人们或窃窃私语，或品味着美酒美食，侍应生优雅而训练有素。偶尔的从一桌传出几声娇媚的笑，一个打扮妖娆的女人对着对面一个中年男人不知道说着什么，男人脸上露出了有些得意而又有些无聊的笑容，似乎还打着饱嗝。

不知道为什么，这个女人的存在突然让叶影感觉放松了很多。叶影百无聊赖地翻着手机，快八点半时，Richard 终于出现了。

Richard 不好意思地说："赶上有事情，手机又没有电了，漂亮姑娘生气了吧。"

叶影努力挤出一丝笑容，说："没有关系。"

Richard 接过菜单，非常熟练地点了蘑菇汤，烤乳猪和一份冰淇林，配了一杯波尔多的 Merlot，叶影中规中矩地点了牛排和布蕾，又对着酒单随便指了一个。侍应拿来各种各样的面包让叶影选，叶影随便挑了两个，当 Richard 的蘑菇汤上来时，叶影就感觉这顿饭估计吃不饱，可是当他们俩的主菜都上来时，她还是被如此精巧的牛排吓到，这根本不像是主菜的样子啊，叶影心里想，但还是做出一副稀松平常的样子，可是当牛排入口时，她却完全被惊艳到了，她从前一直觉得肉类入口即化是个太夸张的说法，今天才明白那是她的见识太过浅薄。一种幸福感遍布了她的全身，她抿了一口红酒，虽然不知道自己点的是什么，但是味道也不俗。

叶影在那一刻突然觉得这才是自己应该过的生活，在这样的夜晚和多金英俊的男人在一起，有这样的饮食相伴。

Richard 微笑着问叶影："漂亮小姐觉得好吃吗？"

叶影轻轻地点点头，说："不错，很久没来了，帅哥很会选餐厅。"

吃完饭，侍应替他们叫了一辆出租车，叶影什么也没有问，跟着 Richard 上了车，到了车上，Richard 轻轻的把手放在了叶影的腿上，对出租车司机说："国贸大都会。"

叶影听了，轻轻地说："我要回学校，不然我换一辆车。"

Richard 听了这话，似乎对叶影还是学生并不惊讶，只是短促地笑了一声，然后对司机说："先去海淀那边吧。"

叶影垂着头，什么也不说。Richard 凑到叶影的耳边，吹了口气，玩味地说："漂亮小姐好淘气啊。"

叶影抬起眼睛，问："什么意思？"一副无辜的表情。

Richard 什么也没有说，一下子就吻到叶影嘴上。叶影被 Richard 压得动弹不得，身体僵在那里，不知该如何。叶影有些艰难地给司机补充了自己的学校，她并没有难堪，她并不介意，司机如何想她。叶影没有预想到 Richard 会突然袭击，一手努力挡着 Richard 伸向自己内衣的手，一手支撑着自己的身体，Richard 发现叶影的领口太小，手弯到叶影的背后开始解叶影的拉链。叶影什么也做不了，只得由着 Richard 的另一只手在她大腿开叉的地方游来游去。

不知道过了多久，叶影听到司机冷冷的说了一声："到了。”Richard 愣了一下，叶影仓皇地从 Richard 身下钻了出来。叶影拉上拉链，慌乱地对 Richard 说了一声 :“帅哥再见。”扭身转进了学校边的小巷。

叶影理好衣服，走进了宿舍。白霜在，苏苏却没有踪影。叶影看看白霜，说了句 :“在啊。”白霜说 :“约会去了? ”叶影赶忙说 :“恩，今天的菜还可以，在布鲁宫，前门那边。”白霜淡淡地说 :“他家是不错，牛排很好吃，甜点基本都不错。”叶影听了，有一点点泄气，到底是又输给了白霜。

很晚的时候，叶影收到了 Richard 发的短信 : 晚安，漂亮小姐，x。

叶影一夜翻来覆去没有睡好，觉得自己之前的青春简直是被辜负了，居然沉迷在哈根达斯星期五餐厅这些地方，自以为比同学上了一个档次，这种想法实在是可笑。不过 Richard 似乎也并不是什么善茬。不过叶影想想和帅哥风流风流又好吃好玩总是比和猥琐男在肯德基谈恋爱来得强些。就又宽下心来。

第二天快中午的时候，苏苏提着一个鼎泰丰的打包袋回了宿舍。白霜瞟了一眼苏苏花成一片的妆，什么都没说。

叶影故意逗苏苏，笑着说："出去玩啦？"

苏苏笑笑，说："宣布一个好消息，我谈恋爱了。"

叶影心中一阵犯恶心，但还是笑着说："哎呀，哪家公子这么大的福分。"

苏苏说："就是那个北京处长的儿子。"

白霜转过身，问苏苏："开房了？"

苏苏赶忙解释道："我是先答应当他女朋友，后来太晚了，他说去休息吧，反正回宿舍太晚了，我们就睡了，什么都没做。"

白霜打量着苏苏，哦了一声，又转过身去。

苏苏站在那里，突然一下哭了出来，说："我又能怎么呢？马上就毕业了，我不想回家。这可能是我最后的机会了。"

叶影看着苏苏笨拙的样子，像一个不讨巧的小丑，觉得可笑，又有一点心痛，白霜依旧平静地做自己的事情，苏苏像往常一样在她面前不过是一团空气。

叶影不知为何有些动气，对着白霜说："你何苦来着，不是每个人都和你一样，大小姐。别人要么拼不过爹，要么干脆就没爹。"说完叶影突然觉得自己也有一点想哭，白霜听了这句话，站起来，似乎有些无奈地递了一张抽纸给苏苏，轻轻地叹了一口气，出门了。

苏苏擦擦眼泪，拿出包子来吃。苏苏哽咽着对叶影说："叶影，你知道吗，我第一次吃这么贵的包子。"

叶影听了这句话，心里五味陈杂，突然觉得苏苏虽然卑微，但是也有她的不易之处，而自己其实比她好不了多少。

每到这种时候，叶影就更加恨白霜，觉得如果不是她的家庭，她的骄傲什么也不是，叶影并不相信，若是没有她的家庭，白霜依旧会像现在一样，那时她唯一能感谢的不过是她的美貌，能让她在年轻时换两口饭来吃。

但不知道为什么，叶影并不那么痛恨金蔓，虽然金蔓的生活从外表看起来要比白霜奢华很多。也许是金蔓用炫耀物质带来的自尊，和她自己并没有任何差别。而白霜则像一座黑色的大厦，冷酷地伫立在那里，你唯有仰望她。因为你的卑微，不要说分享她的喜悦，甚至连她的烦恼你都不配知道。

叶影觉得金蔓讨厌白霜不过是她的这股戾气也伤害了金蔓用金钱搭建起来的自尊。可是不管金蔓和自己多么好，自己是多么瞧不起苏苏，从本质上来说，苏苏才是真正和她一路的人。

叶影走到苏苏的座位上，扶扶她的肩，说："别光吃这剩的了，我们去逛街，我请你吃哈根达斯。”

苏苏擦擦眼泪，笑笑说：“也是，我也要稍微见点世面，不然估计很快就被甩了。”

叶影不知道该说什么，对苏苏说：“好啦好啦，走吧。”

叶影出门随手拦了一辆出租车，说：“东方新天地。”

苏苏看着叶影，说：“我经常在想，要是我是白霜就好了，可是我不是。”

叶影说：“她有什么好，整天阴阳怪气。”

苏苏回到宿舍已经很晚，她听见白霜的哭声。苏苏想了想，还是下床轻轻地摇摇白霜的床，说：“又有什么过不去的呢？”

白霜突然停止了哭声，过了一会，轻轻地问：“苏苏，你体会过那种冰彻透顶的绝望吗？你知道温暖在哪里，可是你不能去，你只能沉默地看着自己的温度一点点的消失，你只能看着你生命中的光亮在你冰冷的手中变得黯淡。”

苏苏沉默了一下，细声说：“大概我昨天晚上就是这种感觉吧，只是我从来不知道我的温暖在哪里，我选择的是我唯一的选择。”

白霜突然爬起来，直直地看着苏苏，说：“不，其实我们都是有选择的，只是我们比起绝望，更加不能接受另一个选择。”

苏苏被白霜看得有些害怕，打了个寒战，问：“你怎么了？”

白霜说：“我分手了，我很爱他。他也爱我，只是我们的感情不足够负担一个未来，我已经可以预见我在这段感情的最后的背叛和疲惫。”

苏苏摇摇头说：“你不觉得为了未来放弃现在很愚蠢吗？”

白霜说：“说这话的人也许只是不够有勇气，或许终究有一天，我站在自己一步步铸造的未来之上时我会发疯似的想念葬送在这一堆冰冷的高墙之下的那个温暖的怀抱，可是现在我看不到我的未来，我没有这种过来人的疼痛，我只是做好了准备为我真正需要的东西付出代价。

苏苏不再说话，过了一会，她说：“白霜，你并不知道你拥有多少东西，放弃一两样不过是伤了你的心，要不了你的命，而我则是用我唯一拥有的值点钱的东西去赌一个前程，连我自己都觉得我的伤心，并不是什么要紧事。你不过是生的命比我矜贵一点，不必用一副高高在上的嘴脸嘲笑我，我并没有那么无知。”

白霜说：“你昨天是第一次？”

苏苏缓缓地说：“但愿物有所值。”

这时白霜突然有电话进来，白霜恢复了她一贯的冰冷好听的声音。电话那头是一个低沉的男声，白霜略带矜持的和对方聊了几句，最后约定了和对方第二天吃饭。

苏苏看着白霜在荧光屏下挂着标准微笑的脸，觉得和白霜这种人掏心掏肺是非常可笑的事，就回到自己床上，蒙上被子睡觉。

第二天中午，C 的车准时的停在了白霜的宿舍门门口，白霜用灰色眼影随便描了一个烟熏，涂上米白色的唇膏，懒懒地扎了一个发髻，穿了一身海龟领白色廓形长筒裙，带着精准的微笑坐上了那辆黑色奔驰 550 的副驾。

男生是个小富二代，比白霜大五六岁，难得的是居然同时是斯坦福的经济学博士。虽然商学院在理工科科班出身的人的眼里就是个打酱油的笑话，可是好歹 C 那 185 的身高和像是精确计算过的脸都让这一切变得太过微不足道。

白霜淡淡地搭着 C 的话，她想多多少少她是有那么些可能喜欢他的，他身上几乎具备了一切她喜欢的条件。在现实面前，白霜并不否认自己的直接，但是她好歹没有那么世俗。

C 带白霜去禾乔大厦的隐泉吃日式火锅。白霜随意点了一两个青菜，要了一碟寿司，随意地摆摆样子，并不怎么吃东西。

经济学博士慷慨激昂地介绍着自己，白霜微微笑笑，并不想多表示什么。

过了一会，C 突然问："你爸爸还有几年退休？"

白霜想，重点终于来了。她放下手里的茶杯，说："也许 8 年吧。"

C 有些不太懂的样子，说："也许？"

白霜说："哦，不同的岗位年龄不一样的。"

C 突然恍然大悟的样子，说："啊，这么说伯父要换岗位了？"

白霜嫣然一笑说："这种事情，怎么好说呢？美国好玩吗？其实我还没有去过。"

C 赶忙说："还是蛮不错的，有空你来，我带你玩，你都去过哪里啊？"

白霜似乎一下被捅到了软肋，捋捋头发，说："我就国内玩得多些，国外去的地方很少，只去过欧洲和东南亚。"

C 似乎没有察觉到白霜的窘迫，说："我对旅游已经没有什么兴趣了，因为大概想不起来哪里还没有去过。"

白霜有些不自在的笑笑说："难得学业玩耍两不误。"

C 挠挠头说："也不能这么讲。"

白霜说："你一般也是自己旅游吗？"

C 说："是和我女朋友，现在是前女友了。"

白霜说："挺好，挺浪漫的。"

C 顿了顿说："你没有男朋友吗？"

白霜若有所思的摇了摇头。C 也不急着往下追问，只是不咸不淡的吃饭聊天。

晚一点的时候，C 把白霜送回了宿舍。苏苏看到白霜回来，一下从床上跳起来，说："白霜，你陪我去买化妆品好不好？"

白霜说："现在？你要买什么？"

苏苏说："就口红眼影粉底什么的，其实我也有，但用好几年了，估计也过时了。"

白霜说："化妆品只会过期，不会过时，不过好啊，你想去哪？"

苏苏说："不然西单吧。"

苏苏从床上下来，和白霜一起走出宿舍，苏苏每次和白霜走在一起的时候，总会产生自己也有回头率的错觉。

白霜随手拦了一辆出租车，苏苏想说学校有直接去西单的公交车的，但终究还是没有开口。

到了西单，白霜非常迅速地带苏苏钻进了大悦城的丝芙兰，开始给苏苏介绍，完全比导购的水平高出了好几个段数。苏苏站在那里，声音小小的说："白霜你推荐的这些太贵了。"

白霜似乎一点也没有吃惊，给跟着的导购说："我们自己选就好了。"把苏苏拉到一边，说："你是想买全套是吗？总预算大概多少？"

苏苏说："五百块能搞定吗？我这个月就剩两百多了，那天吃完包子他给我塞了七百多块钱让我买点吃的补补，我想就拿出来五百买化妆品吧，我也不好一下把钱都花完了。

白霜说："他破了你的处然后给你给钱你还收了？"

苏苏说："我也是说不要，但最后也还是拿着了。"

白霜抿了抿嘴，没说话。苏苏一下脸黑了下来，说："你是不是想说我七百块把自己卖了？"

白霜拍拍苏苏的肩，说："真没有，大小姐，我帮你算怎么买化妆品呢，要都按你这逻辑，这世上百分之八十的姑娘不都把自己给贱卖了。"

苏苏努努嘴，说："你别瞧不起我。"

白霜淡淡地说："我们一丘之貉，谁也别瞧不起谁。"

白霜把苏苏从丝芙兰拉出来，带她转身去了马路对面的中友。

白霜把苏苏拉到了美宝莲专柜，不一会儿苏苏就收获了一瓶粉底液，一盒大地色系眼影，一支睫毛膏，一支橘色的口红。

苏苏顶着专柜小姐给自己化的妆去结账，瞬间觉得自己高大上了许多，像是朝着一个新的方向全速前进。

苏苏回专柜的路上，一个男人目不转睛的盯着她，苏苏高傲地昂着头，像白霜一样。

苏苏回到专柜，对白霜说："帮我照张照片。"

苏苏对着镜头有些做作的撅着嘴，好在年轻的肌肤让她看起来不至于那么生厌。她把照片发给男朋友。

过了一分钟，对方迅速地打过来电话，苏苏在那里装模作样的东拉西扯几句，然后说："晚上你要请我吃饭吗？"

对方大概是立刻答应了，苏苏望望四周，犹豫了一下说："我在西单这边，挑好了餐厅告诉你。"

苏苏压了电话，欣喜地对白霜说："他居然同意让我自己挑馆子。”

白霜笑笑，平静地说：“大美女，你习惯了就好了。”

苏苏说：“唉，这里有什么好吃的啊？”

白霜说：“好一点的好像就一个俏江南一个台塑牛排，还有一个素食餐厅，估计你们没什么兴趣。”

苏苏说：“俏江南是吃什么的？牛排就算了，我没吃过，别出洋相了。”

白霜说：“川菜。”

苏苏立刻说：“那多土啊，有没有粤菜什么的，听起来比较有品味的样子。”

白霜说：“那你就去大悦城的港丽好了，是中西混搭的，不过口味还是偏粤菜，或者去鹿港小镇，台湾菜。”

苏苏说：“你先带我考察一下。”

白霜带着苏苏又溜回了大悦城，苏苏看了一圈之后，说：“这个鹿港比较好，而且开在商场里，显得是我逛累了随意选的，没有那么刻意。”

白霜说：“那好，你想再逛逛吗，还是你在哪等他？”

苏苏说：“别逛了，没钱了。我们到肯德基蹭个座位坐一会吧。”

白霜说：“我请你喝咖啡吧。”

苏苏说：“好唉，白霜你应该改名叫白天使。”

白霜笑着推推苏苏，拉着她跑到星巴克。

苏苏享受地搅动着卡布奇诺的泡沫，一边打量着白霜，她突然觉得，化了妆，同在这样的屋檐下，她和白霜之间的差距拉近了很多。

苏苏问白霜："你分手还难过吗？"

白霜说："也许还难过吧。"

苏苏说："什么叫也许？"

白霜说："有事情做的时候总不至于有空想这个。"

苏苏说："你和别人约会时没有想过他吗？"

白霜一下笑了出来，说："那得多无聊的约会对象才能让我在和他约会时想这种毫无意义的事情啊。"

苏苏说："爱情这种东西是没有办法控制的，不管有没有意义。"

白霜说："好的爱情留下他，不好的，不管多么不忍，都要去除他。"

苏苏很甜蜜地一笑，说："还好，我现在觉得我特别爱我男朋友。"

白霜淡淡地说："不是爱，只是他带你看了一点点精彩的世界，仅此而已。"

苏苏不想再说话她觉得白霜总是让人很烦燥，白霜看看手机，说："也快到饭点了，你自己等吧，我先走了。"

苏苏望着白霜的背影，突然觉得很无聊，她突然想起叶影，便发了自己刚才的自拍照给她。叶影果然没有任何反应。

叶影此刻在R的房间里踌躇，R出去替她买冰淇淋了。叶影估计和R发生关系在所难免，但是发生关系不代表确定关系，确定关系不代表这是一段值得确定的关系。

R在CBD租了一个很大的一居室，叶影看着窗外近在咫尺的国贸突然觉得一切非常的不真实。她站在这座冰冷森林最繁华的顶端，抚摸着巨大冰凉的玻璃窗，她觉得自己随时会狠狠地摔下去。

叶影听到R进门的声音，R没有开灯。叶影声音有点干涩的问："冰淇淋买回来了？"

R没有说话，径直走到叶影面前，一把把叶影推到了冰冷的窗户上。叶影深深吸了一口气，想到底还是要赌一把。

R非常的沉默，叶影感觉到背部传来的刺骨的冰冷，叶影看着窗户上倒映着的万家灯火，把脸别了过去。

R的沉默贯穿始终，他把叶影从窗口挪到沙发上，最终挪到了床上。精疲力竭的叶影躺在那里，R俯过身子，犹豫了一秒，然后迅速地在叶影身上亲了一下，起身去洗澡，没有任何表示。叶影听见从盥洗室里传来 R 放松的歌声，深深地吸了一口气，不知道接下来该做什么，她想了想，踮起脚尖开始寻找自己四处散落的衣服。叶影突然瞥见 R 床头放的护照和钱包。叶影鬼使神差似的迅速地看了R 护照上的年龄，R 今年 33 岁。R 的钱包里只有一张信用卡和一沓现金。

R 洗澡出来，看到叶影斜着侧卧在床上。R 笑笑，朝叶影走过来，说："漂亮小姐身材很好。"

叶影笑笑说："不介意让我借一下洗澡间吧，洗完了我便走了，你好好休息。"

R 故作惊奇地说："这么晚你去哪里呢？"

叶影得逞似的一下爬到 R 身上，咯咯的笑了一下，娇声地说："没有人肯借我半边床，我有什么办法。"

R 一把揽过叶影说："谁这么狠心啊。"一翻身又跃到了叶影身上。叶影有点烦躁，但是还是配合的笑了笑。

叶影再醒来的时候，天已经亮了，旁边的 R 呼呼大睡。叶影打量着身边的房间和自己，阳光把一切照得太过一览无余。

叶影飞速地跑到洗手间，看到镜子里妆已经快被洗干净的憔悴的脸。她突然想到自己没有带任何化妆品，靠，叶影心里轻轻地骂了一声。

叶影冲了一个澡，没有洗脸，因为她可不想裸着脸见任何人。叶影正在洗澡，突然发现 R 站在她的面前，叶影勉强地笑笑。R 很随意地问："需要一起吃早饭吗？"叶影摇摇头，R 似乎很满意，点点头说："那你等我一下，我一会要出去，我们一起走。"

叶影穿好衣服，坐在床上，无聊地看着昨晚的犯罪现场，心里盘算着蹭一张信用卡估计是没戏了，不知道一会 R 会给她多少钱。

R 从洗手间走出来，头发依旧湿淋淋的，R 穿好衣服，看看叶影，笑笑说："漂亮小姐准备走了吗？"

叶影看他态度自然，没有任何想要有所表示的意思，有点惊诧，但又不好说什么，站起来说："走吧。"

R 问叶影去哪，叶影想了想，实在不想这样见人，说："就回我学校吧。"

一路上异常的顺利，很快就到了学校门口，R 摆摆手说："漂亮小姐好好休息。"压根没有想给她塞钱的意思。

叶影无奈地摇摇手，说："你也是。"

在往宿舍走的路上，叶影越想越生气，越想越憋屈，她拨电话给金蔓，把前因后果都给金蔓说了一遍，末了问金蔓："妹妹我是不是被骗炮了啊？"金蔓慢悠悠地在电话那头说："人在江湖漂，怎能不挨刀。"

叶影说："不行，金蔓你得出来开导开导我。"

金蔓说："得，那你到新光天地来吧，我正逛着呢。到了给我打电话。"

叶影回宿舍洗了一把脸，细细地化了妆，本想套一件T-shirt，但一想去二奶富二聚集地，怎么能这么随便，便挑出一条还算平整的小黑裙套上，又蹬上了自己的黑色蕾丝面高跟鞋。临出门了，望了一眼自己的脸，又担心不够惊艳四座，拿来珊瑚红的口红，涂了一个血喷大口。

叶影找到金蔓时，金蔓正在挑鞋子，她看到叶影，晃晃手里 Sergio Rossi 的高跟鞋，问叶影："怎么样？"

叶影瞟了一眼，说："还行。"

金蔓对售货员说："开了吧。"

金蔓拉着叶影去了咖啡吧。叶影打量着金蔓，她随便套了一身 Juicy Couture 的运动衫，脚上蹬着帆布鞋，连妆都没化。叶影不禁想富二果然是气定神闲，不像她之辈随时做好了把自己卖出去的准备。

叶影又忍不住痛说了革命家史，心有不甘地说："你说我也不能直接要钱吧，但他好歹一个成功人士不是穷酸大学生，这么干太没道德了吧。"

金蔓呵呵笑道："人家不是打算请你吃早餐的吗，自己拒了。"

叶影不屑地哼哼两声："这太憋屈了！"

金蔓说："得了，小姐，按你这思路我早就赔大发了，多少男人得欠我金蔓的钱。"

叶影说："你和我不一样，我清楚自己是哪一路的，我也不装我多纯。你就是纯玩，不过你真别 K 粉，把自己弄进去了，出不来。”

金蔓一下警觉地看着叶影说：“谁说我 K 粉了？”

叶影突然发现自己把王达给出卖了，便不做声。金蔓紧追不舍地问：“姐就 high 过点大麻，至于吗？你是不是听王达说的，你们俩是不是出去了？”

叶影无奈地说：“这你都能猜到。”

金蔓冷冷地哼一声：“他装什么纯情少男，给他介绍的妹子光打胎的就俩。他就是想钓我没成，处处诋毁我。”

叶影听了这话，一口血含在嘴里没敢喷。金蔓继续说：“你别被他表面骗了，坏着呢。”

叶影不说话。金蔓顿了顿说：“唉，我分手了。”

叶影对此实在不知道该做什么表示，金蔓最长的男朋友也就不过半年的样子，现在这个，据说没什么家世背景，就是长得帅而已。

金蔓笑笑说：“我知道你在想什么，没事，姐就当上了一课，小狼狗是养不熟的，该咬你一口时绝对不会含糊。”

叶影说：“天下狼狗何其多，跑一个跑来俩。”

金蔓不做声，过了一会，抬起头说：“我在他身上花了三十多万。”

叶影有点不知滋味地笑了一下，说：“不愧是我们金大小姐，就是有钱。”

金蔓突然眼睛一抬，紧紧地盯着叶影，叶影被她看得发毛，却又只得陪着笑。金蔓的眼神突然又松弛下来，微微地叹口气，说："大概我若说我是真的有些爱他的会被你笑话。"

叶影说："我是有些相信的，他也是大概有些爱你的钱的。"

金蔓说："女人最悲哀的不是以色示人，而是以金惑人。"

叶影拍拍金蔓，妖妖地一笑："咱们的悲哀程度可离他当吃软饭的小白脸好多了。"

金蔓噗的一声笑出来，说："就是你会唬人。"

金蔓又望望电话，说："小狼狗被主人踹了不是应该过来认错撒娇讨肉吃吗？"

叶影说："天下又不是你一个养狼狗的。"

金蔓挥挥手，说："算了算了，天下也不光他一条狼狗，我们兜风去。"

金蔓提着一堆购物袋，拉着叶影去了地库，金蔓不知从哪新弄了一辆保时捷跑车，即便是在新光天地的地库也有些扎眼。

金蔓向来是高调的，她的高调和叶影的截然不同，叶影赚取回头率的工具不过是精湛的化妆技术，姣好的身材和敢穿敢露，叶影喜欢看到女人看到自己那有些牙痒痒的神情，而金蔓则是显山露水的炫富，让不论男女的等闲之辈经过她的时候都不由得倒吸一口凉气。

金蔓什么话也不说，一路拉着叶影狂奔，或者更恰当地说，是一路狂按喇叭。接着把叶影拉到了一个公园。

叶影下了车，说："我们这是在哪儿啊？"

金蔓说："顺义。"

叶影说："怎么跑顺义来了，你是要带我逛公园吗？"

金蔓说："吃饭。"

金蔓七拐八拐，把车停好后带叶影来到一家西餐厅，金蔓摆摆手对领位生说："两位，要露台座。"

叶影坐定后，才发现这里的环境很好，对着湖水，蓝天白云配上整洁的桌布，感觉一下甩灰头土脸的北京城几条街。

不知是因为这里有些偏还是时间还早的原因，整个餐厅并没有几个人，金蔓随便点了一个套餐，叶影跟金蔓点了一份一样的。

金蔓似乎没有多大胃口，吃得很慢，又感慨些自己和小狼狗的点点滴滴，叶影显然让美食转移了注意力，R 的事暂时被抛到了脑后。

两个人吃吃聊聊，等到吃完最后一道甜点，天色居然已经有些发暗了。金蔓说："得，我金蔓释然了，走人。"

叶影坐在车上，又突然想起 R，觉得自己还是有些喜欢他的，至少，他那么好看，难道是昨天晚上自己表现得太过做作，被三振出局了？更头疼的是，她又要回到那狭小的宿舍，面对聒噪的苏苏和扑克脸的白霜。想到这，叶影恨不得强行把自己的东西都搬到 R 那里去。

叶影回到宿舍吓了一大跳，苏苏穿着一双细渔网的长筒袜倚在床的靠栏上不知道和哪个男人在那里煲电话，时不时的传来几声做作的笑。叶影仔细一看，苏苏把自己的眼睛涂成了大熊猫，嘴上涂着猩红的唇彩，油亮油亮的。

过了一会，苏苏放下了电话，有些得意地说："男人真是烦人啊。"

叶影虽然被恶心到，但还是笑笑说："美女今天好性感。"

苏苏捂住嘴说："哎呦，别提了，惹得别人在大商场里动手动脚的，真是丢死人了。"

苏苏突然凑过来说："唉，叶影，我把我男朋友踹了。"

叶影一惊，说："你不是前几天才和他好上吗？你不是还被他那个了吗？"

苏苏说："唉，想想是有点可惜了，我那时目光太短浅，没钓个大的。"

叶影说："那你现在又跟谁了？"

苏苏无所谓地说："一个新加坡男的，健身房认识的。我们去吃法国菜了，特贵。和瑞，就索菲特大酒店的和瑞你知道吗？就那。”

叶影有些无奈的说：“就这么一顿饭你就把你的发夫给踹了？”

苏苏说：“哎呀，你给人家留点面子嘛，你知道吗，他到新光天地给我买了一个香奈儿的钱包。”

叶影刚想发表一点冷嘲热讽的结论，可是一想自己被 R 折腾了一晚上什么也没有捞到，觉得自己这高段数的还不如苏苏这个刚入门的，也不做什么评论了。

苏苏的电话又响了，苏苏赶忙拿着电话走出了宿舍。过了一会，苏苏回来了，很激动的样子。叶影看着苏苏倾诉欲高涨的样子，问：“怎么啦美女？”

苏苏忙不迭地说：“我堂姐不得了啊，嫁了个富豪！”

叶影想在苏苏心里几十万存款都算得上绝对有钱人了，富豪可能也就是一小中产。但还是不想扫她的兴，说：“厉害啊，怎么回事？”

苏苏说：“我也不知道怎么回事，我堂姐好几个月没联系我，刚打电话就告诉我这事，约我明天吃饭呢。”

叶影淡淡地说：“那男的特有钱？”

苏苏说：“我堂姐说保守估计十几个亿。”

叶影轻轻吞下口水，这级别虽然比不上马云，但也算是叶影知道的人里最有钱的了。

叶影有些不情愿地问苏苏：“你堂姐约你什么时候吃饭啊？”

苏苏说：“明天中午，怎么了？”

叶影说：“哎呀，求蹭饭啊。”

见苏苏不说话，叶影又赶忙说：“开玩笑的，我不是想一睹阔太的风采，顺便自己能沾点好运嘛。”

苏苏有些不好意思，赶紧说：“主要我们姐俩好久没见了，以后蹭饭的机会是自然少不了的。”

苏苏第二天中午浓妆艳抹地跑出去了，叶影难得清闲，打开了万年不碰的电脑文档，开始写毕业论文。

直到晚上，苏苏才拎着大包小包回来。苏苏一进宿舍门，看到叶影，就嚷嚷起来：“太夸张了，我堂姐居然已经结婚大半年了，一直瞒着，除了自己爸妈谁都不知道。”

叶影说：“不是好事吗，干嘛不说，难道酒都没摆？”

苏苏说：“还真没摆，可能堂姐觉得家里人太抬不上台面了，不想给自己丢人，就没摆。”

叶影说：“你堂姐什么一情况啊，特漂亮吧，她多大啊？”

苏苏说：“她大我五岁，不过我们西北上学晚，我快 7 岁才上，现在应该 27 吧。漂亮吧，怎么说呢，她就特白，眼睛特大，有点像袖珍版的白霜，不过气质可比白霜温柔多了。”

叶影不屑地撇撇嘴：“像白霜的话，那也不算特美，可能就是个子小，比较小鸟依人，你堂姐哪毕业的啊？”

苏苏说：“北二外，姐夫好像是她接私活做翻译的时候认识的。”

叶影说：“你姐夫比你姐大好多吧。”

苏苏说：“好像大十多岁吧。”

叶影凑过来说：“你姐该不会是小三上位吧。”

苏苏说：“这倒不是，不过她为了这个男的也是下了功夫了。她们先那个，然后这男的就想给她几万块钱把这事了了，结果我姐不哭不闹，不要钱，每天晚上等在这男的家门口做悲苦妹妹状，那男的丢不起这人，就给了她把钥匙，说她要没地方去就在这住着吧。然后这男的就消失了。我姐倒不急，直接把工作辞了，只接点私活，在家呆着不出去，等那个男的。每天一早就煲上汤，然后在网上开始潜心研究怎么怀孕，在家也一点不马虎，把自己收拾得漂漂亮亮的，从不接电话。后来那男的专门挑白天去拿东西，估计是想她得上班，结果撞上我姐了。我姐什么没说，面带笑容，又是按摩又是盛汤做饭。那男的就有点愣着了，口气也就缓和些了，问我姐想要什么，我姐说不想要什么，你给我住处我给你煲点汤是应该的。那男的实在不知道该说什么就走了，结果晚上又回来了。之后那男的就时不常的去去我姐那，也给她些钱，她也收了但也不多问什么。接着我姐一天就跟那男的说，我有你孩子了，我知道你不想要，但我想要，我也不拖累你，我这两天就搬出去了。那男的没说话，第二天一早说悦悦你嫁给我吧。”

叶影听了，倒吸一口凉气，说：“女中豪杰啊你姐，那她现在还怀着孕呢？”

苏苏摇摇头说：“她假怀孕，现在结婚了，这男的发现了。”

叶影说：“那不得离了？”

苏苏说：“男的没说要离婚，就说对她特别失望。她现在恼得不行，男的对她说话现在特别客气，也不怎么管她。”

叶影说：“那是有点烦，你姐这辈子就得小心翼翼地活在人家眼皮底下了，不如她提出来拿点钱离婚得了，反正27还算不老。”

苏苏说：“我也这么说，但她说她觉得真喜欢上这男的了，她明天请我去香格里拉吃下午茶，说还有别的朋友，给我买了好几件衣服，叫我打扮得高端点。”

叶影像明白了什么似的，转了转眼珠说：“给你姐说，以后有什么需要帮忙的，我也算一个。”

苏苏也不傻，说：“没问题。”

白霜从宿舍消失了好几天，再次出现的时候拖着一个巨大的行李箱。人也黑了一圈。

苏苏看着白霜匆忙地换了一身衣服，放下行李箱，似乎跟没有看见她似的又走出了宿舍。

很快窗外就响起了引擎的声音，苏苏把头探出窗外，一辆白色的X6缓缓地离开。

白霜回来时已经很晚了，苏苏难得早睡，又成功的被白霜吵醒了。苏苏很不满地甩了一句："交际花小姐你生活丰富，我们知道了，不必宣传了。"

白霜和躺在床上发微信的叶影同时一愣，苏苏对白霜向来是有点怕的，不知今天是怎么了。

白霜低低地说了声："抱歉了。"然后坐在台灯前卸妆。白霜刚坐下，手机又开始滴滴的响了起来，白霜抓起手机，出去接电话。

第二天一大早，就有人敲宿舍的门，苏苏被吵到不行，气愤地跳下床去，居然是花店的，捧了一大束花说是给白霜的。

白霜迷迷糊糊的从床上探出头说："麻烦放我桌上就好。"叶影不禁说："这什么花啊，真好看。"白霜望了一眼，说："欧洲牡丹，其实就是中国牡丹改良的。"

叶影又问："白霜你最近犯桃花了，和谁旅行去了，从实招来。"

白霜淡淡地说："没什么啦，和一个朋友去海南看看他的姥姥。"

苏苏躺在床上不屑地说："看姥姥？滚床单去了吧。"

白霜也不恼，说："既然都说只是朋友，自然这个床单是没滚起来。"

苏苏哼哼说："炮友也是朋友的一种，能免费旅行，上上床就当付旅费了呗。"

白霜似乎是有些生气了，淡淡地说："不好意思，我是忘了这世上是有用初夜换顿鼎泰丰的女人。"

苏苏一下泄了气，不知该说什么，叶影觉得白霜总是非常准确地找到每个人的痛处，而她自己则全副武装的让人抓不住把柄。

白霜也不睡了，起身去洗脸。

叶影看看苏苏，说："你何苦和她斗嘴，讨不了什么便宜。"

苏苏不屑地说："她算什么，假清高还没我姐有钱，装什么大爷啊，叶影看着苏苏，说："你有了靠山到底是说话不一样了。"苏苏得意地哼哼两声，没有答腔。

不一会白霜回来，手机又开始响，白霜瞟了一眼手机走出宿舍，一会回来了开始化妆。

白霜的新约会对象 L 在国家电网上班，家里背景自然是不用说的，可惜人似乎是招摇了一点，才上班两年就开着个 X6 每天到处乱晃。白霜自然是不会太过介意的，只要这份招摇别招惹到她脆弱的自尊，她是可以摆出一副有些歉意的面孔替富二向平民们道歉顺道收获一篮女生牙痒痒的羡慕嫉妒恨和男生硬生生咽下的口水。

L 约白霜去国家大剧院看话剧，不是什么热门的剧目，前排基本坐满了，后排稀稀拉拉的十几个观众，白霜就明白了，这八成也是赠票。但不说什么，安静地看剧。

回来的路上，L 对白霜说：“你今天很性感。”

白霜歪歪脑袋说：“性感到某位先生愿意请我喝东西吗？”

L 一下笑了出来，说：“姑娘你说吧，想去哪？”

白霜轻轻拍拍 L 的肩膀说：“开玩笑的，不让先森破费了，下次吧。”

L 盯着白霜看了看，也不多说什么，只是问白霜是不是要送她回学校。

白霜随便地答应了一声，便不说什么，专心地听歌。

到了学校，白霜给 L 道了别，看着 L 的车开远了，随手拦了一辆出租车。“朝阳公园西门 8 号温泉那边。”白霜对出租车司机说。

白霜拨了C 的电话，说 :“你不用来接我了，我直接去 the beach了，才在这附近吃过饭。”

C 赶忙说自己可能还有半小时才能到，叫白霜不用赶。

白霜一走进 the beach，就已经收获了不少眼神，白霜轻轻地挺着脖子，若无其事地坐下，随手点了一杯马提尼，一个穿着黑衬衣的小开似的男人拿着酒杯站在白霜旁边。

白霜只当什么也没有看到，继续专注地玩手机，小开实在有些绷不住了，对着白霜说 :“美女一个人? ”

白霜抬起头，看看小开，轻轻笑笑说 :“现在一个人。”

小开伸出手，说 :“我是 Bill，美籍台湾人，要不要去那边坐? ”

白霜的手轻轻的在小开手上带了一下，说 :“Grace。”

小开见白霜不答腔，只好在白霜旁边坐下，说 :“美女常来吗? ”

白霜说 :“来过几次，听说这边的酒是真的。”

小开说 :“美女要喝香槟吗? ”

白霜说 :“好啊。”

C 走进来时，一眼望见了举着香槟杯似笑未笑的白霜。C 微微皱了下眉头，走到白霜身边，笑着问 :“小霜，有带朋友啊? ”

小开看到C，有些尴尬，站也不是坐也不是。白霜微微摆摆手，说："没有，这是Leo，刚刚认识。"

小开微微有点不满地纠正道："是Bill。美女我那边座上还有朋友，就不打扰你们了。"

白霜点点头，笑盈盈地说："玩得开心些。"

小开掏出手机，迟疑了一下，又把手机放回口袋，摆摆手，算是道别。

C在白霜旁边坐下，盯着白霜看了一小会，然后缓缓地说："小霜你很漂亮。"

白霜脸上表情没有任何变化，微微侧一下头，说："谢谢。"

C抬手招呼服务生，说："麻烦拿一瓶酩悦给那边那桌。"说着指了指Bill那边。

白霜微微挺了挺背，笑容粘在脸上，嘴角抽动了一下，什么也没有说。

过了一会，Bill举着酒杯过来表示感谢，C笑笑说："不必客气，我不喜欢别的男人给我女朋友花钱。"

Bill识趣地说："不好意思。"看着白霜，摇了摇头，走开了。C不说什么话，也没有看白霜，白霜也不说什么，低着头，似乎饶有兴趣地研究自己手中的酒杯。

过了一会，C轻轻咳了一声，说："这里好闷，不如我们去看夜场电影吧。"

白霜说："主意不错，可是看完了我就没法回宿舍了，我又懒得回家。"

C 说："那你愿意看通宵场吗？"

白霜笑笑："汽车电影院？"

C 说："当然你也可以回睡个美容觉。"

白霜笑笑说："我已经好几年没有睡过美容觉了。"

C 笑笑说："美容觉就是哄那些不够美的女孩用的。"

看电影的时候，白霜一直没有说什么话，似乎是觉得所有话都说尽了。看到一半的时候，白霜看看身旁的 C，也许是电影太闷，C 不知道什么时候已经睡着了。白霜安静地看着 C，C 的确是很好看的，亦是和白霜势均力敌的人。白霜想，如果他们是工作上的伙伴的话，一定是非常好的搭档。可是讲到感情，像他们这样的人总是把理智排在真心之前，又高傲地只接受别人的真心。大概如果他俩涉及到感情的事，将是一场持久的拉锯战，也许新鲜刺激，因为足够暧昧，也许只会让人身心俱疲，因为无法确定真相，看不见尽头。

C 醒来的时候，看到白霜专注地看着屏幕，C 有些不好意思地问："电影怎么样？"

白霜似乎是突然醒过神来，愣了一秒，说："不错。"

C 淡淡地打个哈欠，说："小霜你还想看吗？不然我们去吃夜宵。"

白霜点点头，轻轻地说："好啊。"

C开到国贸的金湖，白霜笑笑说："你们都来这里啊。"

C说："不会，我只是对北京已经没有那么的熟。"

白霜不再说什么，若有所思地看着菜单。C招呼来服务生，说："麻烦一份鲜虾云吞面，一杯鸳鸯奶茶，小霜你要什么？"

白霜很认真地看了C一眼，微微皱了皱眉，摆摆手，对服务生说："一样的，谢谢你。"

白霜这时突然感觉到手机的震动，白霜拿出手机来看，是L发来的短信：半夜醒来，突然想起你。

白霜迟疑了一下，回道：话剧很精彩，努力睡着中。

L的短信很快又进来：好好睡吧。晚安。

白霜发了一个笑脸，收起了手机。她一抬头，发现C正看着自己，白霜笑笑，什么也没有解释，C自然什么也没有问。

在送白霜回宿舍的路上，C说："小霜，你其实不必这样，适得其反。"

白霜抬起头，说："什么？"

C说："你不需要不经意间告诉我你的世界可以多么的精彩，因为你的美也罢你的优越也罢，像盛夏时节广场上摆着的圣诞树，无法让人不留意。"

白霜笑笑说："我得知道我做了什么，才能决定是否接受你的判断。"

C看着白霜，短促地笑了一声，说："You know what, just forget it."

白霜也不追问，车子到了她宿舍门口时，她轻轻地说："我到了。"

C 并没有说什么，白霜犹豫了一下，提了提语调，说："昨天晚上很开心，谢谢你。快些回去休息吧。"

C 摆摆手，说："再联络。"

白霜径直走进了宿舍楼，上到一半的时候，听到了车子发动驶走的声音，脚步慢了一下，又大步的朝上走。

白霜回到宿舍，没有任何力气，甚至不想卸妆，她躺倒在床上，掏出手机，写：我今天去金湖吃鲜虾云吞面和鸳鸯奶茶了。

然后她看着手机和那个曾经她再熟悉不过的号码，又一个字一个字的把编辑好的短信删了，她的手微微地颤抖着，拼命忍住眼泪。删到一半，终于控制不住，一把拽过被子，把头蒙在里面嚎啕大哭，哭了几声，白霜又坐了起来，在蒙蒙亮的天色中摸索着爬下床去，开始卸妆。她看着镜子中自己的有些苍白浮肿的脸，想自然是不会有人真心爱她的，她已经耗费了一个人的真心，把自己也折磨的不成样子，但她不能让镜花水月的爱情拖了她的后腿，她必须要坚强。

白霜突然想起高二的暑假，她和前男友约好高三一年不再见面，好好学习，他坐在公园的长椅上给她剥松子，黄昏的阳光均匀地撒在他的睫毛上，亮晶晶的。白霜静静地看着他，觉得自己那一刻是幸福的。

白霜想：那一刻的他们遥远美好的让人心痛。

叶影决定再给 Richard 一次机会，她实在是不敢相信自己的运气会那么背，她想一定是什么事情在她和 R 之间出了差错，每个男人都应该多多少少喜欢她叶影一点的。

Richard 约叶影在云酷，一个号称北京最高的酒吧。叶影有点紧张，花了整整一个下午抱着必胜的信心准备战袍，可最后实在是没了主意，反而随意套了件红色缎面抹胸短裙，蹬上了一双被金蔓评价“假到不能再假”的黑色红底鞋去赴约会。

再见到 Richard 时，他自然是依旧高大帅气，把骄傲和不屑随意地写在脸上的。他和几个鬼佬聊着天，看到叶影来了，Richard 饶有兴趣地看着叶影的胸部，然后说：“漂亮姑娘性感依旧。”

叶影笑笑，伏在 Richard 耳边说，说：“请我喝点酒，我会更性感。”

Richard 一把搂过叶影的腰，叶影顺势坐到 R 的腿上，对着 Richard 的眼皮吹了口气，俏皮地说：“血腥玛丽怎么样？很配我的裙子。”

Richard 似乎已经对喝酒没有什么兴趣，手指在叶影后背上摩挲着，笑笑说："我回家调给你喝怎么样？"

叶影伸出手指，摇摇头说："No，no, no, I want it now。"

Richard 的手一下捏在叶影的脖子上，叶影被捏疼了，瞪着眼睛看着 Richard。

Richard 把嘴贴在叶影的耳朵上，说："You want what, sweetie?"

叶影捂着嘴咯咯的笑了两声，从 R 身上跳下来，坐在一旁的椅子上，双手端着下巴，眨眨眼睛看着 R，说："Just bloody Mary."

Richard 笑着，摆摆手，替叶影叫了酒，说："漂亮小姐还想要什么？"

叶影用手指挑起一卷头发，撒娇着说："想要的东西好多。"

Richard 笑笑说："比如呢？"

叶影把指头轻轻地点到 Richard 的鼻梁上，娇滴滴地说："比如现在就好想要一只香奈儿包包。"

Richard 轻轻冷笑一声，说："香奈儿包大概在中国女人这里已经有货币的功能了。"

叶影看 Richard 有点变了脸色，心里暗暗骂了一句，但又觉得还先别放弃，要慢慢来。于是又搂着 Richard 的脖子，轻轻地说："还有想要你。"

Richard 的手在叶影大腿上游移着，漫不经心地说："宝贝，我明天带你去买包。"

叶影心里窃喜一下，含情脉脉地看着 Richard 说："No rush, I want nothing but you tonight."

Richard 把叶影再次带回家，Richard 一关上门，什么也没有说便扑向叶影，像某种兽类，低声地喘着气，不说一句话，叶影隐约感受到了身体深处喷涌而出的快感，但她无法集中精神，只得努力配合地扭动着身体。

Richard 疲惫了，躺在床上，叶影裹着床单去洗澡，她一眼望见了垃圾桶旁边地下的一只用过的安全套。

叶影感觉有些恶心，但还是用纸巾把它包着捡起来扔进了垃圾桶。

叶影洗完澡，小鸟依人地躺在 Richard 的身边，Richard 睁开眼睛看了看她，满意地笑了笑，然后轻轻地把她揽到了怀里。

叶影无法入睡，窗外突然放起了烟花，她才想起来这两天是国庆节。叶影听着窗外烟花的声音，觉得非常的悲凉，她已经要 23 岁了，她已经老了，没有时间等爱了，她甚至没有太多时间放纵了。叶影开始回想自己的初恋，可是她突然发现自己的大脑对这一段记忆是一段空白，她是一个没有一个少女时代的人，直接进入了成熟与世故。

第二天一早叶影醒来时，发现 Richard 正目不转睛地看着她，叶影有点不好意思地扭过头去，说 :“看我做什么？”

Richard 笑笑说 :“我在猜你会想去哪里吃早餐。”

叶影转身亲了亲 Richard，说 :“悉听尊便。”

R 带叶影去北京亮吃早餐。叶影望着脚下的北京城，又开始有些飘飘然，觉得这才是自己应该有的生活。

叶影望着坐在自己对面的 R，突然有一瞬间的错觉，觉得自己是如此的幸福。

吃到一半的时候，R 突然看着叶影说 :“漂亮姑娘一会要不要我陪你去药房 ?”

叶影愣了一下，不解地说 :“为什么要去药房？”

R 笑着说 :“宝贝，我们昨天没有做措施，你要不要吃紧急避孕药？”

叶影觉得自己喉咙有些干，刚才对 Richard 的爱意消失的无影无踪，她抿了抿嘴，有些干涩地说 :“不用了。”

Richard 轻轻地伸出手，放在叶影的手上，说 :“宝贝，你知道我们现在不能有小孩，对不对？”

叶影把手伸回来，几乎变了脸，烦躁地问 :“我们这样算是什么？”

Richard 脸上的表情似乎一下子轻松了许多。他站起来，走到叶影身后，弯下腰来，轻轻地揽住叶影的肩，头伸到叶影耳边，耳语道 :“我以为你知道你是我心爱的人。”

叶影的肩膀轻轻一颤，本想说什么，忍住了，过了好一会儿，她转过头去，妩媚地一笑，亲了一下Richard，说："我现在知道了。"

Richard回到座位上，又说："所以宝贝，一会我陪你去药房吧，你会好受一点。"

叶影摇摇头说："No worries, I will take care of this."

Richard似乎很满意这样的结果，便不再提这个话题。

吃完饭，Richard说："宝贝，如果没什么事的话，我先去忙了，晚点给你打电话。"

叶影笑笑说："周末还这么忙。"

Richard说："不然没有钱给宝贝花啊。"

叶影心里冷笑了一声，却娇滴滴地说："原来我还有份啊，我都不知道。"

Richard有些不情愿地掏出钱包，想了想，抽出几张红票子，递给叶影，说："宝宝今天自己给自己买点东西。"

叶影望了一眼Richard递来的钱，大概一千块都不到，心里有些失望，但还是笑着收了起来，看着Richard，有些发嗲的说："有人还欠人家一只香奈儿哦。"

Richard笑笑，捧着叶影的脸说："面包一直是有的，香奈儿很快也有了。"

告别了Richard，叶影看着自己的脚，已经快被高跟鞋虐残废了，只得打了个车，回学校去。

回到宿舍，叶影无比的烦躁，她无法接受她以后就要正式住在这里的事实，她觉得自己如果一个月以后还呆在这里一定是会死的。这次见到Richard，她觉得自己又被戏弄了，更糟糕的是，她依旧不甘心。她突然想到苏苏，她今天大概是装成千金去赴那场约会去了。

叶影打开钱包，就只剩Richard给她的钱了，她想到再弄不到钱就又得去找她爸了，这是她最不愿意干的事情。

叶影有的时候非常恨自己妈妈，如果不是她，叶影也许也不会落得如此田地。如果不是妈妈出轨，和别人私奔，也许她爸爸还是会多多少少看一点父女情面，而不是每次像看只杂种狗似的看着她给她扔可怜的几千块。叶影总是想象着自己以后有钱了目不斜视地从她父亲面前走过去的样子，叶影想为了那一秒的骄傲，让她之前怎样把自尊踩在脚下也值得。

爸爸明明是爱过她的，叶影心酸地想。从前他也会给她买花裙子，给她买冰淇林，带她去玩，像世界上所有的爸爸一样，毫无条件毫无原则地宠溺着她。

叶影突然觉得有些伤心，可是她又想这个世上伤心的人多了去了，伤心是最无用的事了，于这个残酷的世界，无非是添加一点笑料。所以她叶影还是要坚强，就算被所有人鄙视也好嘲笑也罢，也要带着妩媚的笑把想和她做交易的男人们扔在地上的钱一张张的捡起来塞进胸衣里。在香奈儿的店铺里，不会有人关心她的钱是哪儿来的，你有多少钱就能收获多少谄媚。

苏苏穿上了新买的小洋装，听悦悦的意思画了个淡妆，看看镜子中的自己，觉得非常不适应。这几周苏苏已经习惯了大烟熏红唇，这样的淡妆让她非常没有自信，好像一切缺点都暴露无疑。苏苏想想自己在几个月前完全不化妆也没有觉得有什么不适，觉得非常神奇。苏苏看了看时间，提起悦悦借给自己的 Lady Dior 手包，准备出门，走到门口，又扭过头来折到化妆镜前，迅速加粗加长了自己的眼线，又细细地化了大红唇。

苏苏脱掉洋装外套，把花苞裙用力朝下拽了拽，用阴影粉化了一条乳沟，苏苏看看镜中的自己，叹了口气，狠了狠心，把前两天在情趣用品商店买的一次性处女膜装进了手袋。苏苏也不知道自己为什么要买这个，也许潜意识里觉得会派上用场，虽然她只是去赴一场下午茶的约。店员告诉她，在做爱前十分钟把这个塞进下体，过十分钟它就会融化，看起来就像是她留了很多的血一样。

苏苏走进酒店餐厅时，悦悦已经到了，正坐在那里不知道说着什么，悦悦对面一个有些发福的中年男人背对着苏苏坐在那里。悦悦看到走到桌前的苏苏，微微的一愣，皱了皱眉头，随即又笑了起来，说："杜大哥，这是我堂妹，苏苏。"

男人瞟了一眼苏苏，站了起来，伸出右手，说："苏苏你好，我是杜威。"

苏苏赶紧伸出手去，笑笑说："杜大哥好，对不起，我来迟了。"

杜威微微笑笑说："无非是聊聊天，不要紧的。"说完摆摆手，叫了两份下午茶。服务生问苏苏喝什么，苏苏怕自己闹笑话，便要杜威替他点，杜威愣了下，替苏苏点了橙汁。

苏苏看着眼前摆着的精致的糕点，不知如何下手，于是便望望悦悦。可是悦悦似乎并不着急，慢条斯理地和杜威聊着天，并不怎么看食物。苏苏便也只好忍着在一旁陪着笑。

苏苏看着面前摆着的三层午茶盘里的糕点实在是很诱人，可是又不敢贸然地拿来吃，杜威似乎看透了她的心思，说："苏苏，试试这里的点心合不合口味。"

苏苏摆摆手，说："杜大哥，你先啦。"

杜威笑了笑，从最底盘拿了一个小三明治放进口中，苏苏见杜威并没有用餐具，不知是应该如此还是杜威随意些，十分疑惑，更不知该如何下手。

悦悦看到苏苏愣到那里，微微有点不悦，但又不好表示出来，只好笑着说："苏苏，没有喜欢吃的吗？"

苏苏赶忙说："不是，最近遇到期中考，大脑老断片。"说完迟疑地也用手拿了个和杜威一样的小三明治放在盘子里。

悦悦对苏苏说："杜大哥是你姐夫最好的朋友，非常成功也很有学识，你有什么不懂的要多向杜大哥请教。"接着又转过头，对杜威说："杜大哥，小妹现在也快毕业了，还没什么实习经验，我也是有个不情之请，希望杜大哥在这上面能帮帮小妹。"

杜威缓缓地说："弟妹言重了，小妹有什么事尽管找我，不过既然小妹在找实习，怎么之前没去你姐夫那里？"

苏苏一时不知怎么接茬，悦悦赶忙说："不瞒大哥，小妹有些贪玩了，人比较单纯还跟孩子似的，我也是前几天和她聊天才知道她大学都玩掉了，不好意思跟她姐夫说小妹这么不成器，才拜托杜大哥在她以后的路上指点指点。"

杜威打量着苏苏，并不做声。苏苏在杜威的目光下感觉浑身不自在，便说："我去一下洗手间。"

悦悦看到苏苏走了，对杜威说："杜大哥，我小妹就麻烦您多带她见见世面了。"

杜威笑笑说："小妹很可爱，你和义弟最近都还好吧？"

悦悦顿了顿，说："我和绪才的事，大哥也听说了一点吧。"

杜威说："你们是新夫妻，凡事自然不会那么顺。"

悦悦说："凡事都怪我，不过我一片痴心倒是真的，大哥有空也替我在绪才那里说两句好话吧。"

杜威缓缓地说："绪才是给我说了个大概齐，你也不必太过伤心，时间长了便也好了。"

悦悦抬起头，有些犹豫地说："既然杜大哥都知道了，我就想问一句，绪才他会和我离婚吗？”

杜威皱了皱眉头，说：“绪才无心再打理这些家务事了，不想再来一次鸡飞狗跳。”

悦悦听到这话，挺直了背，急切地问：“那他不会和我离婚？”

杜威笑笑，说：“弟妹你们路还长，凡事缓缓也就过去了。”

苏苏回到座位上时，看着杜威，搞不懂杜威对她什么意见，便主动说：“姐妹的差距实在是太大了，我还没来得及谈恋爱，姐姐就已经结婚了。”

苏苏看到杜威的眼睛似乎闪了一下，有了点把握。悦悦这时笑眯眯地说：“这孩子，没大没小不害臊，杜大哥，她是小地方的孩子，人朴实些不会说话，你别见怪。”

杜威摆摆手，问：“小妹毕业有什么想法啊？”

苏苏说：“这个说实话没想好，我没那么大志向，能吃好喝好我就很满意了。”

杜威爽朗地笑笑，说：“这个倒是很简单嘛。”

三个人又说说笑笑聊了一阵，杜威说：“我请两位美女吃晚饭吧。”

悦悦说：“太不巧，我还得回家有事情，小妹你没什么事吧？”

苏苏忙说：“杜大哥不介意带我去改善下伙食吧？”

杜威笑笑，已经全明白了，看着苏苏年轻的有些愚蠢的脸，问：“小妹喜欢吃什么菜？”

苏苏赶紧说："我吃什么都行。杜大哥您定吧，惊喜我一下。"

杜威看着悦悦说："那我把小妹借走了啊，你开车了吗？需要我送你吗？"

悦悦赶忙说："开了，我先走了，你们吃的开心。"

杜威把号牌给门口的侍应，过了一会，一辆奥迪 A8 停在了酒店门口。杜威说："上车吧。"

苏苏轻轻地吸了一口气，她这辈子坐过最好的车是上次那个新加坡人的 mini cooper。苏苏坐上车，封闭空间里真皮座椅的味道很重，可是苏苏心满意足地呼吸着，这才是北京的味道，物质的味道。

车子驶上国贸桥的那一刻，苏苏第一次感受到了自己离那个触不可及的北京是如此的接近。

杜威把车停到了一个地下车库，带苏苏走了一段，到了一个酒店，带苏苏进去。

进了餐厅，苏苏才知道被带到了大名鼎鼎的 NOBU，白霜叶影金蔓都提到过这里。

自然还是杜威替苏苏点了餐，苏苏提议喝点酒，杜威笑笑说："现在姑娘们看来都是穆桂英。"

两个人吃吃喝喝还算开心，吃完了饭，杜威提议苏苏去他家里喝杯茶。

苏苏爽快地答应了，杜威意味深长地看了苏苏一眼，说：

“醒醒酒也是好的。”

杜威的家倒是离酒店相当的近，就在后面的华贸公寓。

杜威的家很大，在顶楼，可以直接上楼顶，杜威带苏苏上了楼顶，楼顶围了一圈钢化玻璃，地上做了灯池，杜威在灯池里铺上了斑马纹的长毛地毯，摆了一圈白色的皮沙发，除了上来的楼梯铺了竹子的地板，剩下的地方都和屋里一样铺了乳白色的大理石。

杜威家的观景台完全打破了苏苏从小到大对楼顶这种存在的认识。苏苏端着杜威给她递过来的酒杯，站在秋意正浓的北京的微风中，向远望去，完全沉醉了。

在那一个瞬间苏苏突然完全理解了过着这种生活的金蔓白霜对自己的鄙夷，还有叶影一切向钱看的生活态度。

高处的灯火果然是更好的。苏苏暗暗地想。

杜威在沙发上坐下，苏苏走过去坐到他旁边。杜威伸出手轻轻地拨了拨苏苏的头发，叹了口气说：“朴实姑娘也没有那么朴实嘛。”

苏苏一下不知道该说什么，看着手中的杯子，有些不自然地问：“这什么酒啊，挺好喝的。”

杜威笑笑说：“screwdriver，我自己刚调的。小妹和堂姐很熟吗？”

苏苏说：“小时候挺熟的的，后来来北京反而见得少一点了，她结婚的事我也是才听说，杜大哥你和我姐夫很熟吗？”

杜威喝了一口酒，说："这样啊，你没有见过你姐夫吗？"

苏苏摇了摇头。杜威的手不知什么时候已经搭在了苏苏身上，他看看苏苏说："小妹，这冷，我们进屋吧。"

苏苏顺从地跟着杜威进了屋，杜威领着苏苏进了卧室。

苏苏有点不知所措地站在那里，看着眼前巨大的一张圆床，杜威笑笑说："不要紧张，把衣服脱了。"

苏苏咬了咬嘴唇，犹疑的褪下自己的洋装，身上只剩下了内衣。

杜威躺在床上，懒懒地摆摆手，说："小妹，过来。"

苏苏看着杜威，实在是不知所措，拿着衣服一下子跑到了洗手间，苏苏狠了狠心，把之前买的人造处女膜塞进了自己的身体。

杜威敲敲洗手间的门，说："小妹，太晚了，我送你回去吧。"苏苏一听，赶紧跑过去拉开门，低着头，手指绞在了一起，说："杜大哥，我没这样过，我就是害怕，你别生我的气。"

杜威意味深长地看了苏苏一眼，拉着她的手，把她拉回了卧室。

苏苏的身体被杜威缓慢地放在床上。杜威盯着苏苏看了一会，然后非常利落地骑在了她的身上。

杜威完事后，深深地吸了口气，浑身似乎松懈了下来，他从苏苏身上翻下来，重重地拍了两下她的大腿，钻进了洗手间。

过了一会，杜威从洗手间出来，递给苏苏一条浴巾，说："小妹去洗澡吧。"

苏苏洗完澡出来，站在那里，发现床单已经被换了，刚才那满是血色的床单已经不知所踪。杜威迷迷糊糊地说："过来睡吧，太晚了。"对于她的处女身份，只字不提。苏苏实在是有些做贼心虚，便也闭口不谈。

第二天醒来，苏苏看了看旁边的依旧熟睡着的杜威，赶紧溜到洗手间洗好了脸化了妆。她回到卧室时，杜威似乎是被她吵醒了，懒洋洋地睁开眼看了看她，又翻个身，继续睡了过去。

苏苏没办法，只得掏出手机，百无聊赖地看娱乐新闻，过了一下，她想了想，发了条短信给悦悦：我昨天和杜威一起过夜了。

短信刚发出去，悦悦的电话马上打了进来，苏苏心虚地赶紧摁掉了电话，发了条短信：我还在他这儿。

悦悦迅速回道：你出来后给我打电话。

苏苏抬起头，看到杜威正微皱着眉，努力睁开了眼睛，看着苏苏说："醒了？你等等我，我带你去吃早饭。"

苏苏爬起来穿好了衣服，又躺回床上，盘算着现在该怎么办。

杜威准备妥当，带苏苏去昨天吃晚饭的酒店吃早点。苏苏才看清原来是万豪酒店。

杜威吃饭时很轻松，不时说笑着，倒是苏苏多多少少有些尴尬。苏苏看着坐在自己对面的杜威，觉得他这个年龄的男人若有些成功，就有一种别样的潇洒，这潇洒散发着春药的味道，吸引着一群她这样年轻的春日里的野猫。

杜威似乎看出了苏苏的心事，他不紧不慢地说："小妹，今天上午我没什么事，陪你去逛逛吧。"

杜威领苏苏去旁边的新光天地，苏苏看着身旁走过的美女，懒散而自信，苏苏走在商场宽阔的奶油色大理石走廊上，感觉明亮的灯光把自己的卑微照得清清楚楚。

杜威似乎并没有什么不适，神态放松的仿佛在逛菜场。杜威看了看苏苏身上的包，是当年金蔓扔给苏苏的那个 2.55，笑着说："要不要去买个新款？"

苏苏不知道该说什么，愣愣地看着杜威不说话，杜威笑了笑，拉着苏苏进了香奈儿的专柜。

服务小姐很热情地迎了上来，又看到苏苏身上背的 2.55，嘴唇动了动，想说什么又没有说。

杜威找到沙发坐下，温和地对苏苏说："叫她带你选。"

苏苏挑了一个黑色中号的 classic flap，杜威看了苏苏一眼，说："就要这个了？"

苏苏点了点头，拿着包像个做错事的孩子般的站在那里。

杜威看着苏苏的样子，觉得这个女孩子还是有些可爱之处的。杜威站起来，去交钱，苏苏在旁边竖着耳朵想听听自己究竟花了多少钱。

苏苏听到价格时长长地舒了一口气，一个包居然把自己将近两年的生活费都能够搭进去，她望望正在替她包装的服务小姐，觉得自己大概一辈子也不会有钱自己去买这东西。苏苏有些不敢相信一个男人居然为自己花了那么多钱，苏苏突然觉得自己已经有些成功了，她一定是让眼前的这个男人有些爱上了自己。

苏苏看看杜威，杜威十分的若无其事，他问苏苏："还有什么喜欢的吗？"

苏苏想说，还喜欢的东西太多了，可是还是乖巧的说："就这样，谢谢杜大哥。"

杜威十分轻松平静地说："小妹，我们走吧。"带着苏苏走了出去。

杜威没有替苏苏提购物袋，也没有拉苏苏的手，自然地走在前面，苏苏盯着杜威的后背，依旧有些不敢相信自己的运气，原来就是这样简单的，她也似乎瞬间被送到她以为的北京这个物质世界的最顶端，这顶端的空气太过稀薄，她有些透不过气来。

杜威似乎没有要继续陪她购物的意思，他找到一个自动取款机要取些现金，苏苏很没有眼色的依旧站在杜威身后，杜威转过头来想对她说什么，看着她毫不掩饰的想往前凑的脑袋，终究也没有说什么。

杜威取了钱，对苏苏说："小妹，我就不陪你了，这点零花钱你拿着，自己转转。"说着替苏苏打开手包，把刚取的钱放了进去。

苏苏有些惶恐地看着杜威，杜威笑笑，替苏苏把包合上，轻轻地拍拍苏苏的肩。看到苏苏一脸迷茫，又探过身去随意地在苏苏脸颊上亲了一下。

杜威摆摆手和苏苏道别，苏苏目送杜威走出商场大门，迫不及待地打开手包，看杜威给了自己多少钱，她不敢拿出来数，一手边拎着香奈儿的购物袋又腾出两个手指按住自己的手包翻盖，一手困难地伸在手包里数钱。结果重心不稳脚崴了下，身子一歪，一只手把手袋拉了一下，里面几张红票子立刻从包里飞了出来。苏苏慌乱地立刻蹲下来去捡钱，一边护着手包，不让更多的钱掉出来，苏苏迅速地把地上的钱捡起来塞进手包，扣上了扣子。苏苏站起来用手捋了捋落在额前的头发，发现自己居然额头上冒了一层细细的汗。苏苏四下看了一下，发现偌大的走廊上自己的行为虽然很突兀，可是并没有人停下脚步看她。苏苏喘了口气，向商场门口走，保全见她朝那个方向走，赶紧拉开了大门，苏苏微微一愣，看也不看保全，昂首挺胸地走出了商场。

苏苏来到马路对面的工商银行的自助银行去存钱，她才发现杜威给了她两万块。从来没有人一次性给她这么多钱，苏苏觉得自己站在存取款机面前心跳得厉害，她昂着头走出自助银行，发现北京的美好离自己又近了一些。

苏苏心情无限舒畅。她上大学四年几乎没有来过王府井以东的地方，唯一的印象就是这边似乎和自己常年驻扎的学院路是两个世界，虽然高楼耸立，难以接近，但是苏苏一直固执地认为这是一个更加美好的世界。

在走出 Soho 现代城时，苏苏看到一票衣着时尚的黑发长腿美女无聊地站在写字楼入口门口似乎在等什么人。其中两个女孩看到苏苏，眼神在苏苏的脸和手提袋之间飘来飘去，窃窃私语了两句，又望向苏苏，眼里充满了高傲和不屑。苏苏被她们看得有些慌乱，低下头去，径直走开了。苏苏一路走到了国贸，她看着路上来往的衣着鲜亮表情冷淡的行人，深深地吸了一口气，憋屈的四年的胸腔头一次得到了释放。

苏苏无事可做，但是她实在不想回学校去，她便一路往前走，一直快走到了建国门，实在是走不动了，肚子也有些饿，也不知道哪里可以吃饭，看到路边上有个长富宫酒店。有些忐忑不安地走进去。

苏苏想自己还是要长点见识才好。苏苏在服务员的指引下来到了二楼的一个日式料理，服务员殷勤地送来菜单。苏苏打开一看，实在也不知道该吃什么，便点了龙虾和一款最贵的牛肉锅。

苏苏吃着龙虾，觉得的确是好吃的，鲜甜弹牙，甩她从前常吃的不知道放在冰柜里多长时间的冻虾几条街，但也没有像她曾经想象的那般如天上珍馐。周围吃饭的人并不少，大半个餐厅都坐满了，可是似乎大家都很悠闲，优哉游哉地吃着饭或者喝着茶，并没有那么的吵闹。

买单的时候苏苏又有些肉痛，吃了这么些东西居然花掉两千块!苏苏看着服务生的脸，心想怪不得那么热情呢，原来还要加收百分之十五的服务费。

苏苏蔫蔫地走出酒店，想不到一个小时杜威给的钱就花掉了十分之一，看来这钱还真的是不经花。

苏苏突然想到要给悦悦汇报这事，打过去悦悦却没有接电话。苏苏走到地铁站，看着脚上的高跟鞋，又狠了狠心，打了个车回学校。

白霜并不知道，其实在她在去大望路面试一个展会模特的路上时，苏苏正提着一个香奈儿的手提袋在大望路上晃悠。白霜应该庆幸自己那天没有提前到，否则她的尊严会在苏苏看到她的那一秒灰飞烟灭。

白霜站在建外SOHO写字楼门口，望着不远处的新光天地，看着自己身边百无聊赖的同来面试的模特，开始计算自己面试成功的可能性。

客户到达的时间一拖再拖，有两个女孩看看同来面试的女生，自知希望不大，便向几个认识的女生摆摆手，消失在了人群中。白霜虽然有些不耐烦，但也只能在那里等，她下午还有一个约会，但愿客户不会拖到那个时候。不过实际上，迟到两三个小时的客户并不是什么稀有的动物，有时她迟到很久也依旧能赶上面试。可是有时迟到了十分钟等她到了，人已经定好了。

白霜望着对面不远处的新光天地，心想一会要去那里喝一杯咖啡。白霜喜欢去这些让人感觉奢侈些的地方，这样她就觉得自己是属于这些地方，她觉得在这些地方自己就变成了更加高贵的人。所以她有一些在同龄人看来很奢侈但是实际上并没有太多花费的事情，比如早晨醒来去学校门口的西餐厅吃英式早餐，在门口的咖啡馆上自习，吃哈根达斯的冰淇林等等。可是白霜知道她走进新光天地也许可以喝一杯咖啡吃一块蛋糕，或者买一支口红一罐面霜，可是她不会去买一只香奈儿，她甚至无法走进香奈儿门店，因为在那样明亮的灯光下，她的高傲会被毫不留情的撕开，留下赤裸裸的贫穷蜷缩着接受势利的店员小姐目光的审阅。

白霜痛恨自己的贫穷，可是她明白她的贫穷只有她自己知道。她身边的同学觉得她是高不可攀的官二代，有着一切官小姐会有的习惯，也有着他们这些普通人所没有的见识。可是只有白霜知道在面包面前，所有的人都是平等的；在珠宝面前，所有女孩的贫穷是一致的；在钱色交易面前，所有的青春美貌都是低贱的。她明白父亲是个好人也是个好官，正因为他如此，白霜的家境从经济上和大多数同学并没有什么大的差距，可是她却被迫活在另外一个不属于她的世界里，一个别人以为她应该存在着的世界里，她为了能够继续在别人艳慕的目光中活着，需要承受更大的压力，需要更多的钱，她需要更加高档的化妆品，更加柔软的衣物，更加舒适的鞋子才能维持她那要命的自尊。她从来没有在经济上对自己的父亲有任何异议，也从未提出过任何要求，更不曾尝试着探讨她所承受的这种压力。她想自己的压力是应当自己解决的，她钦佩自己的父亲，她不希望自己的父亲因为她不合时宜的虚荣而对自己做一个正直的人这件事产生困惑。

白霜很少在做模特时和其他的女孩交流，她的清高让她觉得自己比这些半卖身的花瓶高出好几个层次，她总是跟别人强调，她不是模特，她只是随便玩玩，赚几块零花钱。可是当她和这些她压根看不上的女生们站在一起争奇斗艳时又觉得非常的悲哀。这种悲哀尤其在有客户对她表示有特别的兴趣时更为明显，她的高傲无法让自己以这样低贱的身份去赚些这样的钱，虽说钱的脸色都是一样诱惑的。可是白霜偏偏又是美的，她的美因为拒绝了太多想沾染她的手指，所以变得格外的孤独和失落。

客户终于来了，白霜毫无例外的入选。工作在三天后，900块。白霜得知过几天又有一笔进账，心情还是愉快的，白霜觉得当个花瓶并没有什么不好，花瓶脸大概是赚钱最不费劲的工具了。

白霜没有带平底鞋，直接蹬着面试时穿着的大高跟去对面的新光天地。一路上引人纷纷侧目。

白霜在星巴克给C发了一条信息，我在新光天地，一会来这里找我就好。

C来接白霜时白霜正在SISLEY专柜选化妆品，看到C向她这边走过来，白霜对柜员小姐说；“这支眼霜和这支润唇膏帮我开一下，谢谢你。”

看到C走过来，白霜笑笑说：“不好意思，我马上就好，等我一下。”

C 笑笑说 :“不急，小霜你喜欢这个牌子? ”

白霜点点头，说 :“有效自然是没有，不过用着很舒服。”

白霜去款台交费，C 跟在白霜后边掏出信用卡说 :“小霜，我来帮你付。”

白霜把自己的卡递给收款小姐，胳膊支在款台上，扶了扶头发，宛然一笑，对 C 说 :“你请我吃饭好了。”

白霜到柜台取了化妆品，拿出那管唇膏递给 C，说 :“给你的，北京秋天干得火烧似的。”

C 有点吃惊，推了推手，忙说不要不要，又说女孩子才用润唇膏的。

白霜微微皱皱眉，手搭在 C 的手上，挑着眼看着 C，说 :“女孩子用的你可以送给女朋友哦。”

C 不知说什么好，说收下也不是不收也见外，笑笑说 :“真是为难没有女朋友的人了。”

白霜把手收回来，理了理搭在一边的头发，只是笑着看着 C，说 :“女朋友总是会有的。”C 觉得气氛有点尴尬，便把唇膏收了起来。

C 选餐厅的水准一向都很高，白霜也乐得去这些地方，虽然常常没有什么惊喜，但是白霜到底是喜欢那种在高档场所如鱼得水的感觉的。

在国贸 79 坐定后，白霜若有所思地看着窗外，对 C 说 :

“你知道我最喜欢这什么地方吗？”

C笑笑摇了摇头。白霜说：“上这来的电梯特别快。”

C不置可否地看着白霜，白霜看C不接话，也不说什么，低下头，似乎在专心地研究没多少选择余地的菜单。

一顿饭吃得了无生趣，C看着白霜一副好似什么也不知不紧不慢的样子，突然觉得自己的行为好生无趣毫无意义，说：“小霜，你今天自己回去吧，我一下还有事。”

白霜一愣，又马上摆出了一副无所谓的样子，带着笑说：“你去忙，没有关系的。”

白霜拿出手机，噼里啪啦敲了一通，然后抬起头，也不解释什么，带着一贯的微笑，看着C。

C叹了口气，看着白霜说：“我后天回美国。”

白霜脸上的微笑似乎在瞬间僵硬了一下，她轻轻地咬了咬手指，抬起眼，说：“又要回去辛苦了，舍不得北京的好吃好喝好玩吧？”

C看着白霜，心一下柔软了下来，他永远搞不懂她在想什么，他有时甚至想让白霜难过一下，他好趁机扒开她心上那层冰冷坚硬的外衣窥一眼那里有没有个他在她的心室外徘徊。可是白霜像捍卫生命般的捍卫着自己的情绪，所以C永远没有得到那个机会知道她心里究竟想什么，或者她什么也没有想过。

C缓缓地说：“还舍不得有些人。”

白霜的心微微一动，但依旧笑盈盈地说：“你爸妈肯定也舍不得你。”

C 看着白霜，她还是那样笑着，白霜式的，带一丝妩媚，有一层毛玻璃纸隔着似的，难以触碰的微笑。

C 终究什么也没有说。静静地坐在那里喝餐后的咖啡。过了一会，C 说：“不如我们再去看通宵电影？”

白霜很客气地说：“不好意思，刚刚你说自己有事，正好有朋友要走想见我一面，所以答应了一起喝一杯咖啡。”

C 的愤怒翻涌上来，他想激怒白霜，却又伤到了自己。

C 对白霜说：“是啊，一杯咖啡都喝忘了，那我先走了，小霜你好好玩。”

白霜看看 C，故作俏皮地说：“好好学习哦。”

C 拍了拍白霜的肩膀，大步流星地走了出去。

白霜望着窗外出了神，刚刚降下夜幕的北京，像一个见到孩童的盛年女子，多多少少露出了些甚至她自己都不知晓的温柔。

白霜看看手机，发了一会神，起身来到楼梯旁，上了一层楼到了云酷。

白霜看着自己对面西装革履的男人，不知道自己为什么要见这么无聊的人，对方她甚至不怎么认识。白霜不再怎么想说话，便什么也不说，出神的望着窗外。对方不好发作，只得安静下来，陪她看着窗外。

白霜想着刚才的事，她觉得自己多多少少是有些喜欢 C 的，只可惜 C 以为自己接触的不过是那个高高在上衣食无忧教育良好的官小姐，不是那个为了900 块穿短裙子被人挑来拣去的白霜。白霜想 C 也许多少是有些喜欢自己的，因为男人都是多少有些喜欢自己的。可是这种喜欢是否足以支持她用真实的自己和他的一切作为交换，白霜并没有任何把握。白霜从未缺少过约会对象，她以一种优雅的姿态计算着每一个男人能够在激情之外对她产生的价值，这种计算让她对寄一点希望在男人身上的念头打消得干干净净。

她并不在意又会爱上谁，但是她十分介意自己对于错误爱上的人产生婚姻的想法。换言之，她并不会因为正巧爱上一个正在穷困或者一眼能望到并不怎么成功的未来的男人而懊恼失意，因为有时碰巧会遇到这种男人中出乎意料有魅力的那个；但白霜会因为自己无法控制自己的爱情对这种男人产生婚姻的想法而对自己绝望和困惑。

白霜知道现在坐在她对面的男子他们约会不会超过 3 次，她会在他彻底地发现她的了无兴趣而恼怒之前从容的结束。只是有时白霜极其无聊或者需要一些人救场而无所谓后果时需要几个这种从未有过机会的人。

白霜看了看手机，对对面的男人说："时间不早了，我先走了。"

男人赶忙站起来说："我送送你。"

白霜略有些疲惫地摇摇头。男人装作关切地说："你今天情绪不高，发生了什么事了吗？"

白霜看了看男人，平静而直白地说："我们不要再见了吧，你太无聊了。”

男人冷笑了一声，拼命地忍住火气，说：“你倒说说什么样的人不无聊呢？”

白霜看着对方，很认真地说：“让我觉得和他在一起比一个人要好。”

对方笑了笑，说：“姑娘，你还是太过年轻。”

白霜不屑地说：“我是不需要一个不到三十岁以进入不错大国企作为自己最大的骄傲的男人教育我的不成熟的。你拥有的，我唾手可得，我手中紧握的，你恐怕这辈子都无法体会得到它们的欣喜和随时都可能失去它们所带来的恐惧。”

男人冷笑一声，说：“你不要装了，看你长得好看我也就忍着奉陪了一下，你可别真以为自己是哪家千金小姐。千金大小姐可不会跟高级妓女似的和我这等人坐在这里聊天。”

白霜愣愣，一下站了起来，说：“所以我觉得这是个糟糕的主意，我要走了。”

男人一把拉住白霜，说：“不许走。”

白霜使劲挣脱，男人并没有松手的意思，白霜回手狠狠的一推，男人踉跄着差点跌倒，他站稳后气急败坏地拉住白霜，把白霜往外拽。白霜狠狠地踩了他一脚，男人下意识地松开了手，尖叫了一声，引来旁边的客人不满的侧目，服务员注意到这边的动静，快步走来，白霜趁服务员还没有来干涉之前跑下了楼。

白霜慌乱地跑下楼梯，一抬眼，居然看到了C，C坐在他们刚才吃饭的座位上喝咖啡，C也一眼看到了从楼梯上冲下来的白霜，C愣住了，很尴尬地笑了一下。白霜大步走到C的面前，说："我们走。"

C看着白霜，脸上写满狐疑，他抬手招呼服务生准备买单。

白霜抬头看了一眼楼梯，从包里拿出200块放在桌上，说："我们走。"

C站起身来，微笑地看着白霜，说："好。"

两个人来到了酒店的大堂，白霜回想起刚才，才发觉自己的失态，犹豫了一下，对C说："对不起哦，你刚才在等人吧，这样把你拉出来实在是很失礼。"

C摆摆手，说："不会，我又被告诉没什么事了，就回来喝杯咖啡。"然后看着白霜。

白霜笑笑说："其实他们家的咖啡很一般。"

C问："你怎么从上面下来了？你在上面见朋友吗？"

白霜犹疑了一下，点了点头。又赶忙说："出了点小状况，大概遇到了一个他的前女友，气氛太奇怪，我不想尴尬。"

C笑着点点头，说："那你朋友呢，刚才怎么没有看到？"

白霜说："被拖住了。"白霜又故作轻松地说："今天才发现，这家伙似乎很受欢迎嘛。"

C并不搭腔，问："小霜，你想去哪里坐坐吗？"

白霜捋了捋头发，说："随便吧。"

C 领了车，对白霜说："我们边开边看吧。"

白霜上了车，C 打开车窗，专心致志地开车。

C上了二环，往北开去。白霜看着窗外的灯火，并没有觉得他们之间的沉默有什么不适。她并不想说话，她并不想去思考自己的生活。她明白以自己的才能和良好的出身，在一个大国企里混一份工是太简单不过的事，可是因为看了自己父亲及家庭身边朋友这么多年的故事，她对这种生活毫无意外地恐惧和排斥。

她对物质的渴望和对生活的不安裹挟着她脆弱的骄傲，让她什么也不敢多想，以免得了头痛病。

C 把车停在 1949，他们随便挑了一家店坐了了下来。

C 看着白霜，说："小霜，我知道国贸 79 的咖啡难喝。

白霜笑着说："其实吃得也很一般。"

C 看着白霜突然间变得清澈没有防备的眼睛，犹豫了一下，突兀地说："毕竟我们认识的时间不长。"

白霜的眼神似乎在瞬间又恢复到了从前那个滴水不漏全副武装的样子，她不再说话，想想自己还是不要摘下自己的面具，呈现出自己生活窘迫和惶恐的一面比较好，毕竟，他们认识的时间不长。

C 笑着说："我回美国去了，你不会想我吧？"

白霜觉得这个问题实在太难答，便说："你觉得呢？"

C 说："若是一点也不想，那我可就有些伤心。"

白霜搅着眼前的咖啡，并不抬头，慢慢地说："我最不喜欢伤别人的心。"

C噗的一声笑出来，说："那我多少有些安心了。"

C突然拿出白霜送给他的唇膏，说："这个你拿着。"

白霜看着他，说："这是什么意思呢？"

C认真地看着白霜，说："我得找个女朋友把这个送出去，才不辜负你的一片心情。"

白霜不搭话，也不接东西，只是看着C，看得C头皮发毛，气氛突然就僵在了那里。

C不知为何，是有些生气了，便岔开了话题。

白霜定定地坐在那里，似乎什么都没有听进去的样子，并不说话也不接话。

C最后实在受不了这种诡异的气氛，看了看表，说："太晚了，该走了。"白霜说送她回家吧，不回宿舍了。

C站在白霜家的楼下，白霜又恢复了笑盈盈，她摇摇手冲他道别，C突然说："小霜，你好好学习吧，少出去一点，这样比较好。"

白霜看着C，微微一愣，只是答道："谢谢你这些天的关心。"

C看着白霜，实在想撕开她的皮囊，看看她心里到底想些什么，可是终究他是骄傲的男人，他忍受不了白霜的怠慢，C挥挥手，说："白霜，再见。"

白霜走到楼道里等电梯，她突然觉得胸口堵得慌，闷得她喘不过气来。

电梯来了，白霜有些落寞地靠在电梯扶手上，她终究是寂寞的，只是没有太多人知道。

白霜走出电梯，平静地回家，和父母寒暄了几句，回到自己的房间。她在黑暗中，看着手机偶尔发出微弱的光。她觉得有些头痛，不想去看。

第二天白霜刚回到学校，就听说金蔓因为吸毒被警察带走了。

虽然金蔓总是一副放荡不羁的样子，但是这个消息还是把大家震惊了。

白霜回到宿舍，苏苏就围上来，说："金蔓的事听说了吧，怎么回事啊？"

白霜摇了摇头，苏苏说："叶影肯定知道，她们俩好。"

叶影一直到晚上才出现，她刚一推门进来，就见白霜从床上探出脑袋说："金蔓是怎么回事？"

叶影被一贯世间万事不关我态度的白霜突如其来的热情所吓到。愣了一下，问："金蔓怎么啦？"

白霜咽了口吐沫，说："金蔓被抓进去了你知道吗？"

叶影一愣，说："什么，金蔓因为吸毒被抓进去了？"

白霜从梯子上下来，说："对啊，你不知道吗？"

白霜又问："你怎么知道是因为吸毒抓进去？"

叶影低下头不说话，白霜突然一步向前，一把抓住叶影的

骆膊说 :“你早就知道她吸毒了对吧。”

叶影一把甩开骆膊，嘟囔到 :“你干嘛呀，这和我有什么关系？”

白霜似乎恢复了平静，回到自己的座位上，大概沉默了一分钟那么久，突然低声缓缓地说 :“你也不劝劝她。”

叶影说 :“我帮你打听打听吧，你什么时候突然关心起她来了。”

白霜不说话。叶影找出王达的电话，叶影的发小，她和他曾经约会过。

王达听到叶影的声音并不惊讶，只是说金蔓太糊涂，脑子被门挤了，腻着条白眼狼。

白霜在一旁问 :“她情节严重吗？要判多久？”

王达听到白霜的声音，愣了一下，说 :“她被抓的时候没有吸，尿检什么也没有问题但是她帮那男的藏毒的，那个男的也进去了，不知会说出什么。”

白霜从叶影手中接过电话，说 :“你有什么新消息麻烦告诉我们吧。”

叶影挂了电话，晚上喝的酒醒了一大半，说 :“算了，大家都睡吧，她自找倒霉不听劝，白霜你替她急也没用。”

白霜并不说话，抓了手机走出了宿舍。

叶影觉得今天白霜有点莫名其妙，准备洗洗便睡了，她明天还要继续和 Richard 约会。

叶影洗漱回来，白霜还没有回宿舍，她看苏苏已经上床了，便拉黑了灯。

黑暗中，苏苏突然说："叶影，你说白霜怎么好像真的替金蔓着急似的？"

叶影笑笑，说："谁知道呢，说不定金蔓她爸贿赂过白霜她老爹。"

苏苏听了，黑暗中笑出了声，不再说话，拿起手机噼里啪啦。

叶影爬上床，打开微信，一眼看到了苏苏早些发的朋友圈：室友因为吸毒被抓，震惊！状态下面还有一堆统一回复，无非是金蔓浪荡不羁闲钱多之类的。叶影笑笑，没想到苏苏已经开始用金蔓娱乐他人，宣传自己了。

叶影多多少少觉得苏苏有些落井下石，可是想想平日金蔓对她漫不经心的态度和明明白白地嫌弃她这个样子也不难理解。

奇怪的是，叶影自己也并没有觉得有什么难过，她觉得金蔓和她是完全不同的两类人，金蔓对她的友情不过是千金大小姐无聊时分的消遣。

叶影觉得像金蔓这样的人，唯一的烦恼便是生活得太过舒适，正因为欲望在她面前的面目变得太过模糊不清，这无比的焦躁才会让她想变得惊天动地些，因为她的生活实在是不需要为任何事去争取，或者革命。这世上年轻人会面临的大多数难题，都是可以用钱解决的，金蔓，偏偏有钱，很有钱。

叶影最近的约会没有什么大的进展，她对于Richard已经在愤怒的边缘了。这个男人对一切事情态度漫不经心可偏生太会讨好女人。这让叶影一边咬牙切齿（实在没捞到什么油水）又一边不忍放弃（女人也是很难拒绝漂亮男人的)。叶影一边心情复杂地和Richard约会，一边一次又一次的后悔把自己白白送到Richard的床上，更悲剧的是，叶影居然开始真的关心起Richard的生活了，她甚至在他感冒时特地去送了一次药。

叶影已经发现Richard供职的那间公司在北京的代表处实在是不能再小，一共不过五个人，总裁，财务总监，市场总监共用一个助理，还有一个司机。Richard并没有刻意隐瞒这些，大概是暗示叶影在他这里捞不到什么油水。

可是这个男人在晚上睡觉的时候会轻轻地拉着她手，在叶影醒来时会微笑着看着她。

在某个时刻，叶影甚至产生了错觉，觉得他们似乎是相爱的。叶影有时晚上睡不着，看着Richard，想也许他们是逢场做戏，但也许也有那么一点点惺惺相惜。

这种感觉折磨得叶影无法入眠，她不能允许自己像个笑话一样这样爱上一个既不能给她多少好处又显然没有太过在意她的人。她觉得自己像一个愚蠢的笑话，她买了新的手机，换了新的号码，把从前的那只手机扔进了垃圾桶。

叶影在那一刻突然有些失落，她觉得她就快要哭出来了，并不为将永远见不到Richard而伤心，她只是为她没有自己以为的那么目标坚定不择手段而失望。

叶影发现苏苏新近倒是生活过得无比滋润。前些天苏苏和她一同去逛店，苏苏眼睛都不眨的买了一件两千多的毛衣，这也太不像从前出去吃个麻辣香锅都能考虑一天的苏苏了。

苏苏已经迅速地摆脱了初时和杜威在一起的不自在，开始努力尝试着展现妩媚娇俏的一面，和所有同她一样的年轻女孩一样。苏苏同样已经摆脱了刚开始花钱所带来的不适和犹豫，杜威不定期的会取些钱给她，他们在一起的这一个月，杜威大概给了她四五万，可苏苏已经觉得这些钱快要满足不了她的胃口了，她开始困惑，从前的自己是如何做到每个月只花一千块还活着的。

杜威再来接苏苏时，苏苏向杜威表达了这种不满足。苏苏有些生硬地靠在杜威的腿上，用自以为娇媚的声音说："杜大哥，我最近没食吃了。"

杜威哈哈大笑，拍拍苏苏的脸说："小妹向我讨公粮了啊。"

苏苏懊恼的捶了捶杜威的大腿，说："哎呀，人家是没钱花了！"

杜威有些惊讶，看了苏苏一眼，说："小妹，胃口不要长得这么快，凡事慢慢来。"

苏苏十分不满，不再说话，过了一会，杜威突然觉得腿上湿湿的，一看苏苏竟然委屈得泪流满面。

杜威不再说什么，早早便睡下了，第二天取了2万块给苏苏。苏苏拿了钱看看，微微有些不满，欲言又止。

杜威说很忙，没有陪苏苏吃早午餐便一个人走了。苏苏又来到新光天地，她看到前面香奈儿的门店，想进去看看新款，可是走到门店门口她犹豫了一下，继续往前走。

苏苏去星巴克买了一杯咖啡，她坐了一会儿，看着周围似乎只有她一个人无所事事，真的只是为了喝一杯咖啡。苏苏看着眼前的咖啡，脑海中浮现出第一次去杜威家里时杜威嘴角边略带讽刺的微笑和他在她身上时对她感受的无所谓，她甚至入戏的认为自己是一个处女，可是杜威并没有任何多余的关心，大概苏苏对于杜威而言真的只是一具年轻的身体，他对于她的人真的是没有多余的兴趣。想到这里，苏苏眼角突然涌出了眼泪。这是苏苏第一次为此而伤心，苏苏自己都觉得非常的奇怪，她不是一早就打准了主意是要从他这里弄些钱吗，现在又为什么会因为他不喜欢她而难过呢。苏苏迟疑了一下，拨电话给杜威。电话没有接通。苏苏放下电话，喝了一口咖啡，神经质的又开始拨，拨了第四遍的时候，电话终于接通了。杜威的声音平静："小妹，你有什么事吗？"

苏苏咬了咬嘴唇，说："我在香奈儿看上一个包，你给的钱不够。"

杜威在那边沉默了一下，说："你把你银行卡号发给我，我这两天有空时给你打点钱。"

苏苏说："你来新光天地买给我好不好？"

杜威微微有些不耐烦地说："小妹，我很忙，你要明白这点。"

苏苏的眼泪不争气地涌出来了，她微微有些哽咽地说："可是你是喜欢我的，不是吗。"

杜威不置可否地说："小妹，你知道我喜欢你的乖巧。现在我很忙，我们改日再约。"

不等苏苏说话，那头就挂了电话。苏苏瘫到椅背上。看着自己周围的一切，觉得一切都没有任何意义。她想自己在这种时候是极其需要安慰的，她打电话给悦悦，依旧没有人接。苏苏不停地拨，终于在拨到不知第几通电话的时候，悦悦接了，悦悦的声音听起来很不满，听完苏苏带着哭腔的倾诉后，只是淡淡地说了一句，你不要动不动没事找事。又敷衍了几句，就挂了电话。

苏苏一个人坐在星巴克，外边就是明亮的商场，那里有着苏苏一直梦寐以求的昂贵的商品，苏苏心目中真正的北京。可是在那一刻，苏苏突然迷茫了，她觉得自己似乎在这几个月间，得到了一切，又失去了一切。她也说不清自己的所得所失，可是胸口隐隐的作痛。苏苏旁若无人地在星巴克抽泣了起来，在那一秒钟，她似乎不再在乎是否被人看到她那个极力伪装出的自己身后卑微贫困的真相。周围的人并没有太大的反应，大多数不过瞟了她一眼就继续自己的工作，个别几个投来了非常不满的目光，苏苏听到一个女孩不屑地说："失恋了别处哭去，别打扰别人啊。"

苏苏听到这句话突然感到内心深处的酸楚，也许在他们看来，一个女孩最大的痛苦，也就不过是失恋而已。这是在他们世界里最大的心酸。

苏苏第二天早上是被电话吵醒的，一个非常好听而陌生的女生的声音。

“请问是苏小姐吗？我是杜总的助理，杜总让我给您送点东西。”

苏苏有些懵懵的，说：“哦，你在哪里？”

对方表示已经在她学校了，苏苏一下从床上跳了起来，忙说：“你等等我，我下来。”

苏苏看着镜子中自己浮肿的脸和乱七八糟的头发，深深地吸了一口气，用水把头发打湿，随便洗了一把脸就直接上妆了。尽管如此，当苏苏出现在电话中的助理小姐面前时也是快半个小时以后。

助理小姐坐在苏苏宿舍门不远草坪边的长椅上。苏苏一眼就看到了她。实际上，她太好辨识了，做工精良的黑白软呢条纹套装，一丝不苟的盘发，精致淡雅的妆容和年轻的皮肤。苏苏稍稍有些吃惊，但还是走过去做了自我介绍，对方看到她走过来，站了起来。苏苏才发现对方比自己高出了小半个头，苏苏迅速地瞟了一眼她的高跟鞋，不过两寸左右，而苏苏自己则蹬着12公分的恨天高。苏苏心中的不适感强了起来，对眼前的这个女人自然生出了戒备。

对方笑笑，把手中的一个手提袋递给苏苏，问："苏小姐，我还有什么可以帮到你吗？"苏苏赶忙摇摇手，说谢谢你专门跑一趟。对方笑着说："不会，顺便看看母校挺好。"苏苏本来想这个花瓶肯定是三流大学出来的，不曾想竟然是自己的校友，又有些不甘心地问："你是哪届的？"

对方说："哦，我去年刚研究生毕业。"苏苏吸了一口气，想到底还是比我老些。苏苏告别了助理，拎着包回了宿舍。一进宿舍的门，就迫不及待地把手提袋拆开，里面一只新款的香奈儿 boy。苏苏拿起包，左看右看，把自己的包拽到眼前，把里面的东西一下哗啦哗啦倒出来，换到新包里。

苏苏换上大高跟，背着新包走到校园里，一路侧目。苏苏觉得今天的阳光格外的好，她想自己终于站到了和白霜一样的高度，虽然她需要男人、高跟鞋和手提包帮她这个忙。

杜威在接下来的一周里都没有联系苏苏，苏苏有些耐不住性子了，实在不懂为什么杜威在送给自己礼物后又如此的冷淡。打电话给悦悦。悦悦问："他送你包后你有打电话谢谢他吗？"

苏苏惊讶地说："我需要这样吗？我还准备继续吊着他呢。"

悦悦在电话那头哭笑不得，说："你简直是得寸进尺的典型代表。你不但要打电话过去，还要道歉，懂吗？他派他助理过来就是为了让你知道你这样的女人在他周围多得像牛毛一样，吸尘器吸吸一大把，连他的小助理都比你美艳智商高。你居然还在那里像个傻子似的洋洋得意！你赶紧打电话过去道歉吧！他不接就到他公寓门口等着去。”

苏苏听了也有些慌了神，压了电话就赶忙拨杜威电话。没有人接听。苏苏穿好衣服，刚准备出门，悦悦的电话又进来了，悦悦说："刚忘了提醒你，你千万不要上他办公的地方去，那样他觉得你在骚扰他知道吗？今天周末他应该回华茂，一般平时总是住办公室上面的套间。”

苏苏心想，我去他办公室，我倒是得知道他办公室在哪儿啊。看看时间差不多快五点了，便搭了一辆车去了华茂。苏苏坐在杜威的门前百无聊赖，可是又没有什么别的办法，只得傻傻地等。中间她实在是肚子饿，可又生怕自己离开的这几分钟前功尽弃，就打了电话叫了一份外卖送到门口来。

九点多的时候，杜威终于回来了，只是身旁还站着一个人。

杜威看到她，微微有些吃惊，他身旁的男孩更加的吃惊，但是紧接着是愤怒，男孩一把冲上来把苏苏推到墙边，带着哭腔吼起来："就是你这个婊子害我爸妈现在要离婚的对吧！”杜威把男孩一把拉到自己怀里，低声地说："小乐，不要说脏话。”又看了看苏苏，戒备地说："你先走吧。”

苏苏木木地走出了楼梯间，一上电梯，她就歇斯底里地哭了起来。她突然想起了悦悦，悦悦肯定知道杜威没有离婚，她打电话给悦悦，吼叫着质问她。悦悦非常平静，甚至有些奇怪地问她这是问题吗？

苏苏吼道："我莫名其妙地就当小三了你知道吗？"

悦悦在电话那头一下笑出声来："那妹妹，如果你是在马路上遇见杜威，对他一无所知，你会当天就去霸占他的卧室吗？"

苏苏迟疑了一下，然后有些犹豫的说："我当然不会和一个一无所知的人这样，可他不是你介绍的吗。"

悦悦笑笑说："我介绍？我介绍后除了你知道他有钱外你依旧对他一无所知。你不过是爱他的钱而已，所以他结没结婚又有什么关系呢？你呀，还是要道歉，他也没有故意瞒结了婚的事，像他这个年纪的男人了，你用小脑也是应该能想到他不是个小处男吧。不过现在知道了，你千万不要矫情，又跑去闹这件事，就充耳不闻当不知道好了。你要脸皮厚一点，想想现在是谁供你吃喝，不要随随便便把你的金主拱手他人，你得好好道歉，知道了吗。"

苏苏听了，觉得悦悦的话简直是对自己莫大的侮辱，还想辩解些什么，可是突然想到了几个月前的生活，突然打了个冷颤，赶忙挂了悦悦的电话，她仔细想了想，给杜威发了一条短信。

"杜大哥，对不起。我只是想亲口对你说一句对不起。这句对不起在我的胸口已经憋了不知多久，可是自尊不让它说出口。

终于，自尊在我对你焦灼的爱意中变成了一地的灰尘。杜大哥，我想你并不了解我现在的痛苦，我痛苦这些天没有你的消息，这几天是杀人的慢刀，我已经奄奄一息；我想你也不了解我的懊悔，我懊悔不该如此任性地用金钱去考验你对我是否有那么一点点爱意；我想你更不了解我的悲哀，我悲哀自己明明知道你的心中不曾有我驻守的位置却如此不甘心地去试探，作茧自缚。是的，你不了解，你不可能了解，因为你不可能像我爱你般的爱过什么人，因为你不爱我。

你的不爱我，却无法阻止我的爱你。你知道吗？那天我走进香格里拉，看到你坐在那里的背影，在那一刻，我就知道，我来到这个世界上就是为了等这一刻。

请你可怜可怜我这卑微的爱，再给她一次接近你的机会。请求你。”

苏苏编辑完短信又认真地看了一遍，虽说内心中对于这么假惺惺的东西有一点天然的抵触，可是这里的虚情假意似乎都要让她自己感动了，她居然有一丝丝心酸。苏苏战胜了自己的羞耻感，把短信发了出去，想了想，又勉强挤出几滴眼泪，照了张像，一并发了过去。

杜威并没有任何反应。苏苏惴惴不安地回到了学校。无奈之下，她又打电话给悦悦求助。

“不然我12点再给他打个电话？听说男人晚上8点以后最容易答应你的要求。”

“你傻啊，今天不要再打电话了，这个周末除非他联系你，你不要再联系他了。明摆着他和他儿子一起过周末，他儿子恨不得掐死你，你可别往枪口上撞了。”

苏苏想想，觉得悦悦说得也对，可是想起今天被一个小屁孩莫名其妙骂了一通，就气不打一处来，拎起包，决定买点什么泄泄愤。

苏苏打电话给叶影，想叫她一同出来逛街，可是叶影显然正在忙于更为重要的事。

叶影已经完全放弃了Richard，甚至不太愿意提这段不成功的历史，用她自己的话来说，既然是 friends with benefits，那必须得有 benefits 才行，她还没空虚寂寞冷到需要 booty call 的程度。

叶影现在去实习了，去金蔓在 KTV 介绍的朋友爸爸的公司，是富二代林岳的私人助理。有多么私人呢，私人到 24 小时都在为他工作，自然拿到的可不只是 3 倍的加班费，毕竟夜班是需要更高些的报酬的。

叶影现在才深深地了解到自己之前之所以如此的不上道只是因为没有进入正确的圈子，毕竟在夜店撞到运气的概率要比直接参加二代们的聚会来得小的多。即便遇到了，在夜店里怎么也摆脱不了gold digger 的暧昧身份，在二代聚会上则成了我一朋友的同学，听上去多多少少有点圈里人的味道。

林岳甚至要比叶影“偶遇”的那些 suger daddy 们好伺候的多，没有什么奇怪的变态的要求，也没有把她当丫鬟使唤，只是一个自信心爆棚的普通青年，和一般普通青年的区别不过是有些钱。他这个来自叶影连正眼都没有瞧过一下的二本院校的学生在叶影这个“985”面前居然生出了多多少少的自卑感。想必是上学时被学霸视为空气太久，所以对这种生物有些仰慕。

林岳对金蔓被抓的事情反应很漠然，无非是“不上道”三个字。嗑药似乎在他们圈里不是什么了不得的事，只是居然能被逮住实在除了说明段数低运气背智商明显不够用外说明不了什么问题。

林岳并没有把叶影当做女朋友，或者没有把她当做传统意义上需要严肃认真对待以结婚为前提交往的女朋友，叶影更像是林岳的“一个女朋友”，像是18世纪贵族沙龙上被不经提起的“某某小姐”。

叶影自然也是非常想把自己的地位从“一个女朋友”上升到“女朋友”，可是想想林岳的年龄，大概要让这个“女朋友”身份来得有意义些，而不单单是个身份，至少要耗个五六年，顿时觉得路漫漫其修远兮，有些泄气了。

在私人服务林岳的第一个24小时后，叶影收获了人生中的第一只Birkin bag。叶影抚摸着手中的手提包，仿佛手中握的不是一个装东西的器具，而是一顶皇冠。

林岳并没有什么门当户对的未婚妻，这让叶影多多少少松了口气，知道吃他拿他用他可以底气十足，不必担心哪天一个8分白富美找上门来弄得她求生无能，求死无门。叶影的实习工作是非常的无趣的，无非是坐在前台帮忙收收快递，接个电话，和路过的林岳调调情，和其余的男人摆摆清高，难度系数比初中英语还要低。

叶影一边实习，一边找不要这么打酱油的工作，因为她深知自己变成林家少奶奶的可能性不是很大，所以这份工对她也不过是混个清闲加有钱花。通过 Richard 的事件后，叶影深深地了解到经济危机后，男人在现在只有 22 岁的她面前都不是那么大方，更何况过了几年新的一拨水灵妹子涌上来，她便更不能靠这个吃饭了。

林岳除了给她买个好包，给点零花钱外，估计没什么能耐帮她搞个好工作。

叶影想如果能去个外企混混就好了，实在不行，大国企也可以，不过像她这样没什么背景的，估计就是每天给别人送咖啡的份。

叶影正在网上找工作，林岳的短信突然蹦了出来：

“美女，周末一起去海南，见几个我的朋友，一起嗨一下。”

叶影不知为什么，脑海里立刻蹦出海天盛宴几个字，不过林岳的段数自然还是够不到海天盛宴。叶影其实从前也想过去当外围女赚赚外快，听说几天赚个 10 多万不是什么问题，可是发现自己的身高在外围圈中实在是等于把吃不开几个字写在了脸上，也就作罢。

叶影笑了笑，回道：那人家要今天下午放假去买东西。

林岳回到：批准提前两个小时下班。

过了不一会，银行又发来短信提醒说叶影账上到了一万块钱。

叶影感觉好极了，林岳一扫之前她和 R 在一起的憋屈劲。从某种程度上说，叶影觉得林岳可以称得上是完美男友的标准版本。

叶影第一次到三亚，林岳没有订亚龙湾上的酒店，而是订了 Holiday Inn，林岳似乎已经来太多次这里，只是想逃离北京糟糕的天气，叶影十分不开心，觉得成天蒙在酒店里，十分无聊。别说海天盛宴了，自己穿着比基尼林岳似乎也没有什么心情多看两眼。

到海南的第三天下午，林岳撇下叶影一个人出去了，叶影联系他也没有人接电话。叶影气闷闷地自己去吃了晚餐，心想林岳的心到底是一点也没有放到自己身上。

叶影回到酒店的房间，一肚子闷气，可是想想自己就是这么倒霉生了个下贱的命，生了气还照样得换着法讨好林大少爷。

叶影放了一盆洗澡水，往水里滴了几滴玫瑰精油，又倒了两罐牛奶，把盥洗室的灯关了，点上自己准备的香薰蜡烛，预备林岳一进门自己就跳进去。

叶影穿着浴袍在浴室坐了好几个钟头，浴缸里的水加了好几次热水已经基本看不到一点牛奶的颜色。叶影追完了这两天落下的所有美剧。林岳依旧影子也没有见到。

叶影实在是太困了，也没有力气愤怒了。吹了蜡烛去睡觉。叶影第二天一大早才醒来，一看林岳还没回来，一下慌了神。

因为12点就要退房了，难不成要她扛着林岳的行李去飞机场等他？

快12点的时候，叶影打林岳的手机，林岳依旧没有接。叶影实在没办法，咬咬牙，替林岳把行李收拾了，拉到楼下。叶影到前台退房，还好房费是提前付的，押金也是用的信用卡，前台没有怎么找叶影的麻烦。

叶影提着大包小包坐在大堂，希望林岳赶紧出现。周围的人来来往往，个别人用异样的眼光看着叶影，叶影觉得狼狈极了，心里把林岳浑身上下骂了个遍。

林岳1点多的时候终于出现在了酒店大堂，叶影一下子就跳了起来，冲了上去，脱口而出："你跑到哪里去了。"

林岳愣了一下，看着叶影，说："你怎么跑出来了？"

叶影没好气的说："12点退房你不知道啊？"

林岳有点无奈地说："你多呆一会不要紧的，大不了多收你几个钟的钱。"

叶影实在是有些泄气，一句话也不想说。林岳看她这样，拍拍她说："好了好了，把包寄存在这里好了，还没吃饭吧，我带你去吃饭。"

叶影也懒得说什么，摸摸肚子，的确也饿了，不声不响地跟在林岳的背后。

林岳在酒店门口叫了一辆车，一路开到了亚龙湾，带着叶影拐身进了一家酒店，酒店的装潢很有点拉美玛雅的风味，充满了异域风情。

叶影见状，气也消了一半。吃饭时，林岳像没事人似的，叶影只好把话闷在肚里，什么也不说，闷头吃饭。

叶影正吃着，突然听到从门口传来一阵嗲声嗲气的笑声，叶影想：这世上还这么多王熙凤啊，不见其人，先闻其声，这声音也太做作了吧。

叶影抬眼看去，声音的主人站在餐厅门口，和想象中一样的丰乳细腰大长腿，手里一边拎着个迪奥小姐手包，一手挽着一个小开。

小开一眼看到了叶影，竟朝着叶影信步走来，叶影内心小鹿乱撞，搞不清楚是什么状况，但还是故作矜持的把眼神飘得远远的。

小开在叶影面前停了下来，却对叶影旁边的林岳说："哥们，怎么今天还来这吃啊，吃上瘾了啊？"

小开身边的迪奥女十分暧昧地看了看叶影，娇滴滴地说："林老板是来这吃饭啊，还是想再找点乐子啊？"

叶影一惊，反应过来林岳昨天是来这里了，再一看那迪奥女，百分之百不是什么善茬。

林岳冲迪奥女笑笑，和小开随意寒暄了几句。小开走后，叶影有些愤怒，说："你昨天在这边好歹也是可以接个电话的吧。"

林岳无所谓地说："你又没有什么要紧事，哪里顾得上接你的电话。"

叶影心头的火一下被点了起来，“腾”的一下站了起来，对着林岳吼道：“和那种不三不四的女人鬼混就是要紧事了？”

林岳并不恼，轻飘飘地说：“别人不三不四，你是白莲花。”

叶影被噎得没了话，想想自己的确也没有好到哪里去，可是林岳把自己和一个小姐比，这也太欺负她了。

叶影愤愤地说：“我不是什么白莲花，可是我也不是不三不四的鸡！你别把我和个外围放一起比。”

林岳一下笑出了声，又屏住了气息，紧紧地盯着叶影，一字一句地的说：“我没找你麻烦你就不要找我事，给你留着面子可别真当自己是大小姐。我是不能把你和她一起比，她好歹哥几个想乐乐时带得出去，招得来人。你呢？我带一个矮胖子显摆，我怎么那么会糟践自己啊！”

叶影愣住了，眼泪哗的就流了下来，她才发现自己一直以来自鸣得意的掩饰其实被人看得清清楚楚，到底她还是不能入流的，只能在那些成天流着口水的老外穷鬼那里找找安慰。她那高于平均水平的脸和平均水平的身高加上散发着荷尔蒙气息的身材组合起来在林岳这样的富二代眼里就是个满足自己原始肉欲时用用的女生，若是上位当了他们的女朋友，他们都多多少少觉得好像是辱没了他们的品味。

叶影站在那里，走也不是，留下又觉得太没有尊严，一时不知道该怎么办。林岳并不看她，坐在那里一个人吃饭，叶影站了一会，终于咬了咬牙，坐了下来。

吃完饭，林岳叫了出租车回去拿行李，两人又向机场开去。一路上，叶影都没有说话，林岳也没有跟她搭话。

办理登机牌时，叶影掏出自己的身份证，递给林岳，说："我们一起办吧。"

林岳看了她一眼，接过身份证，什么也没说。

叶影拎着林岳的行李，紧紧地跟在林岳身后。叶影嘴里似乎含着一口血，可是又不敢吐出来，只得打定了主意做林岳唯命是从体贴照顾的小跟班。

快下飞机的时候，林岳突然问："叶影你什么时候答辩？"

叶影说："再过两个多月吧，怎么了？"

林岳说："你抓紧功课要紧，我那里打酱油的实习你过两天交接一下就别去了，我给你把推荐信什么的都准备好。"

叶影咬了咬牙，半天轻轻地吐出一个："哦。"

林岳不再多说一句。叶影去洗手间，看到镜子里自己浮肿的脸，悲从心来，竟流不出眼泪，这一天到底是比她以为的快了一点，因为她不小心暴露了自己的自尊。

苏苏这两天也是蔫蔫的，杜威似乎并没有被她那煽情的要命的短信感动到，没有任何回应。苏苏实在是慌了神，打给悦悦，悦悦除了骂她蠢，也不愿多说什么。

苏苏有些气急败坏了，对悦悦说："姐这事你一定给我解决了，你把他给我约出来好吗？或者你再给我介绍一个。"

悦悦没什么好气的对苏苏说："你也是个太不争气的家伙，坏了我的事，现在又要让我给你擦屁股，怎么可能？算了算了，改天带你出去逛街买衣服吧。"

苏苏挂了电话，越想越气，没料到自己的亲堂姐竟是这个态度。直接一通电话打到自己亲娘那里，狠狠地哭诉了一番，自己是怎么被亲堂姐给坑了。

苏苏的妈妈听了电话后义愤填膺，先是把苏苏数落了一通自己不长眼睛。然后又语重心长地对苏苏说家里亲戚就苏苏和她堂姐来了北京，剩下的都是小地方的人，知道苏苏一个人在外不容易，杜威虽然年纪大些，但是肯定能帮助苏苏在北京立住足的。苏苏年纪轻本来是要男孩子宠着的年纪，却要受这些个气自然是委屈了的，但是没有办法，若是找个和苏苏家庭一样的，不知多少年苏苏才能在北京站的住脚，家里要再过几代才翻得了身。

说到最后，苏苏的妈妈竟然也哽咽了起来，苏苏听着也不觉得伤了心。可想想自己不过是一般人家的女儿，没有什么特别出众的才能或者姿色，若是想要朝上走，能守住杜威也算是实在交了好运。自己是要受些委屈，也许一生也就看到了头，算是耽误了，可是父母的养老，自己的生计算是有了着落，以后自己的儿女也可以和那些富贵人家的孩子平起平坐。

母女两人在电话中越说越伤心，虽然让人不由得觉得有些可恨又有些可笑，可是多多少少还是透着现实的心酸。

苏苏来了北京后发现，其实这里有很多不同的成功模板，虽然钱权的确是年轻人成功的催化剂，但是这个城市还是以极大的包容给那些勤奋，钻研的人最大的希望，让他们的付出在这个城市拥有换取成功的最大可能。

然而苏苏深知，自己并不是这一类的人，她一生凭一己之力能有的最过荣耀的事大概就是考上了现在的大学。她所有的韧性和勤奋已经在高考这一场断杀中消耗殆尽。

北京这所城市，释放了她对物质的最大欲望，却没有激起相同能量级的勤奋，苏苏看过了许多故事，但是牢记在心的不过是那几个凭着突然的好运突然坐享一切的那几个。

苏苏的妈妈挂了苏苏的电话立刻给苏苏堂姐的妈妈打了电话，怒斥了一番苏苏还是个大姑娘居然就被自己的亲堂姐给坑害了，又说既然事情已经这样了，那个男人就必须得负责到底！悦悦必须无条件的协助苏苏云云。

悦悦的妈妈越听越气，说道："我家悦悦现在过上好日子是凭真本事，苏苏不要自己没本事什么都赖给她堂姐。"

苏苏妈一想，悦悦她妈到底现在是有女儿做靠山，不怕自己这一套的，又开始软磨硬泡一番，哭诉着女儿们在外不容易，如果苏苏找了个好人家，姐俩以后也可以相互依靠，家里人都搬到北京去也就只是时间的问题等等。说着说着，又动了情，眼泪像小蛇似的往下淌。

悦悦妈妈被说得没办法，细想苏苏她妈说的也有几分道理，便把悦悦的家庭住址给了苏苏妈。

苏苏妈拿到悦悦的地址，立刻打电话给苏苏，叫苏苏若是打电话悦悦再含含糊糊的就到她家门口去堵她。

苏苏记好地址，挂了电话就穿起衣服去悦悦家。苏苏把地址拿给出租车司机看，出租车在东三环的一个出口下来东拐西拐到了一个小区门口，苏苏看到门口的警卫挨个问，见她是出租车反倒敬礼让他们进去了。

出租车在一栋楼门口停下了，苏苏下了楼，发现进不了大门，苏苏硬着头皮站到一旁等着，过了一会，一个穿着一身休闲装，拎着一个大号香奈儿的女人朝楼门走来，苏苏赶忙也向楼门口走去，跟在了女人身后，女人有些狐疑地看了一眼苏苏，不过还是把她放了进去。

苏苏刚松下一口气，却又被前台拦住了，问她找谁。苏苏没办法，只好把门牌号和悦悦的大名报了出来，前台打了电话，没有人接通。

苏苏忙说到："不用打电话了，她是我堂姐，我来看看她，你们放我上去吧。"

前台细细地打量着苏苏，样子似乎也不太像小三闹事什么的，也懒得再拨电话，就叫门卫替苏苏按了电梯，放苏苏上楼了。

苏苏站在悦悦家门口，突然有点露怯，这一路上，这个小区在苏苏眼里无比堂皇的布置到层层关卡已经把她本来热气腾腾冒着愤怒的心浇凉一大半。苏苏打量着着楼梯间，发现一整层只有悦悦一户人家，楼梯间的地上都铺着粉白的大理石，墙面贴着壁纸，正对电梯的墙上挂着一面巴洛克风格镜子。苏苏吸了口气，一抬眼，发现天花板上一个360度无死角的摄像头正在安静地看着自己。

苏苏彻底泄了气，盯了那个摄像头好一会，然后走到门前，把耳朵贴在门口，里面似乎有人在争吵，她也听不清。苏苏突然间没有了勇气去敲门，她在这一刻非常清晰地认识到悦悦已经和她不属于同一个世界，她根本没有任何筹码去要求悦悦为她做什么。

苏苏站在门口，留也不是，走也不是，她突然想到一年前的悦悦和自己并没有任何区别，她也不过是瞬间毫不费力地拥有了一切。

苏苏想到这里，果断地按了门铃，苏苏隐隐听见里面有人歇斯底里地叫了一声："谁呀！"然后一串慌乱的脚步跑到了门前，可是并没有人开门，这时，在墙上挂的一台机器突然亮了，里面传出了非常冷淡却礼貌的声音："请问你是哪位？"

苏苏一下没有反应过来，愣了一下，对着那个机器说："我是苏苏，我是来找苏悦的。"

苏苏说完，眼前那个机器的灯就灭了。

苏苏听到那人冲里面喊了一声："一女的姓苏，不认识，找太太的。"

里面的人又走了，不知道在干什么，过了大概一分钟，苏苏又听见有人走来，终于有人给她开了门。

开门的人大概30来岁，中等个子，穿着棉布的家居服，大概是女佣，她给苏苏递了一双拖鞋，对苏苏说："太太让你进去。"

苏苏换上拖鞋，走进客厅，挑高的客厅和苏苏家差不多大了，四周都贴着壁纸，天花板上吊着大大的水晶灯。苏苏走到大大的落地窗旁边，伸手摸了摸垂下来用流苏带子收在一旁的窗帘布，和预想当中一样，比她身上的衣服手感要好。苏苏向下看去，是一圈绿树围绕着一个大湖，她也搞不清是什么湖。

女佣端着一杯茶走过来，放在茶几上，指了指沙发，说："你坐，太太一会就下来。"

大概过了两分钟，一个中年男人从旁边的旋转楼梯上下来，脸上带着愠气，看到坐在沙发上的苏苏，冷漠地点了点头，径直向门口走去，女佣赶紧迎了上去，替他把门打开，问道："先生，您中午回来吃饭吗？"

男人说："晚些电话吧。"就走了出去。

苏苏被一个人晾在沙发上十几分钟，悦悦终于出现了。悦悦披着一件丝质的睡袍，头发随意地在脑后扎一个髻。悦悦坐到苏苏旁边的沙发上，问到："我妈给你的地址？"苏苏点了点头。苏苏看着悦悦，悦悦似乎是刚洗完脸，额角的头发还有点湿。

悦悦大概是没有睡好，脸上写满了疲惫，眼睛很明显地红肿着，显然是刚刚哭过。

苏苏看悦悦这个样子，不知怎么的，又开不了口。倒是悦悦先说话了："是为杜威的事来的吧。"

苏苏点了点头。悦悦叹了口气，说："你真是童话故事看得太多了，自己本来就没有什么特别之处，能和杜威维持着已经算是走了几分运，又在那里闹大小姐脾气，把事情搞成这个样子。"

苏苏有些着急的说："你去帮我说几句好话吧，我什么要求都没有，他不离婚都行。"

悦悦不满地说："说好话，杜威现在心里还不知怎么骂我介绍了这么不识抬举的家伙给他呢，你还让我去说好话？这种事怎么拿到桌面上来说？况且就凭你能让他离婚了？他一直在闹离婚，和你一毛钱关系没有，少给自己脸上贴金了！”

苏苏低着头，不做声。过了一会，抬起眼说：“不是每个人都像你这么好命，姐你就帮帮我吧。”

悦悦听了这话，一下子跳了起来，歇斯底里地喊道：“我好命，我受了多少委屈你知道吗？你觉得我过得安心舒服，你到现在连头都学不会低你还觉得我过得舒服！”

悦悦越说越激动，竟然哭了起来。苏苏不知怎么安慰，也不知到底发生了什么事，只好呆呆地坐在那里。

悦悦在那哭了几声，又抬起头来，一把抹掉眼泪，走到客厅另一头的厨房门口，对里面说：“小吴，中午做一个番茄炒蛋，一个空心菜，你去下面买条鱼回来烧了。”

里面应了一声，悦悦又回到沙发这里。过了大概一分钟，保姆就换了身衣服匆匆下去了。

悦悦看着苏苏，什么也不说，苏苏想大概她也是有自己的苦衷，可是毕竟她现在住上了这样的房子，有自己的佣人，穿着好看的衣服，毫发无伤地坐在自己的面前，这个代价，她苏苏也是愿意付的。

悦悦对苏苏说：“我这里已经是岌岌可危了，我本来指望你能围得住他的好哥们，关键时刻总有人能替我说两句好话，他那有什么动作、想法瞒着我，我也能知道。你倒好，吃了两天鱼翅就真把自己当千金大小姐了。”

苏苏说：“我改还不行吗？”

悦悦说："我是真的没什么办法了，你自己自求多福吧。我也不指望你能帮上我什么了，你还是自己多下下功夫，找个好工作，踏踏实实一点一点来。说实话，我这种路，不是一般人走得下来的，太折寿，我如果不倒霉，以后能帮帮你的地方还是会帮帮你，毕竟我们是一家人。"

苏苏想到自己真的是要回归到从前那种生活了，彻头彻尾的绝望在她的身体里迅速地扩张，一下瘫在了沙发上，一时间喘不过气来。

苏苏带着哭腔看着悦悦，说："姐，你不能不管，我不能回到原来那种生活里去，太难了。"

悦悦平静了一点，说："没有你想象的那样难，你 20 年都是这样过的，经过了这两三个月，倒彻底回不去了？有时我也在想，我是不是走错了路。也许当年我毕业后，认认真真地做一份工作，现在 4 年大概也是应该有些成绩了。可能如果那样，我还是要每天挤公交车上班，吃 10 来块的便当，被老板训斥，但是那样的话，一切的生活都是我的，是我精心创造出来的，我是我生活的主人，别人无权在我自己的世界中放肆。也许我可以像所有正常的女孩子一样，谈一段健康的恋爱，有一个我可以对他撒娇任性发脾气的男朋友。"

苏苏听了，有些讽刺的说："可是你现在不是一样不敢离婚？"

悦悦沉默了，说："是，我不敢。现在的我走出去会比 4 年前更加艰难，我不是应届生，又没什么工作经验，谁会要我？

我想到这些，的确不寒而栗，我已经走了这条路，只能硬着头皮走下去了，但你不一样，你还年轻，你是崭新的，这个社会对你依旧是充满温存和宽容的，你还有的选。”

苏苏说：“我不要，我情愿和你换，自我对于我来说没有那么的重要。我想要你现在手里有的一切。”

悦悦不再说话。女佣回来了，径直回了厨房。悦悦对苏苏说：“我就不招待你了，有空带你出去玩吧。”

苏苏有些不情愿地起身，这时，电话突然响了，悦悦走过去接电话，电话那头不知在说什么，悦悦冲苏苏摆摆手，示意她先不要走。悦悦挂了电话，又跑去厨房，对里面说：“没做的菜留到晚上吧，先生在外边吃了，我也出去吃。”

悦悦的心情似乎好了一些，对苏苏说：“你等我一下，我带你出去吃饭。”

苏苏说：“姐，我能参观下你房间吗？”

悦悦说：“你随便。”说完便上楼去了。

苏苏一间一间房细细地看，完全被震撼了。整个房子是巴洛克风格，有三件卧室，一个书房，还有自己的影音室和好几个洗手间。

苏苏走进悦悦的主卧，没有看到悦悦，她正在主卧里的盥洗室化妆。主卧似乎刚刚经历过一场战争，床上被子被乱七八糟地堆成一团，枕头，毯子都被扔到了地下，地上还有一个瓷杯。

苏苏看了看脚下的地毯，脱了鞋，小心翼翼地走了进去，地上厚厚的地毯踩在脚下十分的舒服。苏苏仔细地打量着房间，这才发现房间的墙上包了一层浅驼色的牛皮，用皮钉钉出菱形的图案。悦悦的床头巨大无比，像是用无数的金色的枝条缠绕编织出来一个半圆，周围的美人榻，床头柜，台灯，五斗橱也都是这个风格。整个房间，十分的富丽堂皇。悦悦探出头来，看她研究自己的家具，说："这些都是镀金镀银的，你看家具上嵌的那些小花，都是水晶的。"

苏苏倒吸一口凉气，问："这得多少钱啊？"

悦悦口气十分轻松地说："整套下来一百来万吧。"

苏苏有些谄媚的说："姐，这地毯挺贵的吧，真舒服。"

悦悦说："澳洲驼羊毛定制的，挺平整的是吧？冬暖夏凉不飞毛，挺好的吧。"

苏苏往盥洗室走，发现旁边还有一个推拉门，苏苏把门拉开，发现里面只是在正中放了一个圆形的皮质沙发，最里面摆了一张一人高的真皮边框的穿衣镜外，什么也没有。

苏苏好奇地问："这里是干什么的啊？"

悦悦啊了一声，走出来，看了一眼，说："这是衣帽间啊。"

苏苏大气不敢出，走到镜子跟前，照了照说："这镜子上的logo我见过。"

悦悦说："Fendi啊，你若这个都没见过我就真不知说你什么好了。"

苏苏不解地说："那个卖包的？他家的皮子可以单买啊？"

悦悦一下笑出了声，说："他家的家居很有名的。"

苏苏不再说话，觉得自己毕竟道行还是太浅。

电话又响了起来，悦悦转身到了旁边的盥洗室，苏苏才发现洗手间里居然还有电话。

过了两分钟，悦悦回来了，脸上刚才愉悦的表情一扫而空，对苏苏说："你先走吧，你姐夫半个小时后就回来了。我不出去了。"

苏苏不解地说："可是你出去吃个饭逛逛又怎样？你不是也没事吗？"

悦悦有些尴尬的说："他回家时我必须在家里呆着的。"

苏苏更加奇怪，说："为什么啊？"

悦悦说："不然他会很不高兴。"

苏苏不再往下问，她突然间可是有一点了解堂姐之前的"失去自我，失去自由"的理论是什么意思。

苏苏下楼准备走人，悦悦又叫住了她，说："不是姐姐不帮你，可是我也确实是没什么办法了，以后你有什么事打电话，我电话不接是因为你姐夫在家我不好接电话，给我发微信就好了，我方便时会回给你的，以后不要贸然上门了，我一会还不知道该怎么样解释。"

苏苏点点头，悦悦又说："你帮我给小吴说下，叫她给我炒个番茄蛋吧，做好了上来叫我。"

苏苏看着悦悦一脸疲惫的样子，知道再纠缠下去也没有什么结果，就应了一声下楼了。

苏苏走在悦悦家的小区里，想来想去依旧是不甘心。直觉告诉她悦悦过得并不好，可是苏苏想到悦悦对于苏苏看来艳慕不已的一切司空见惯的样子，就觉得她过得要比悦悦自己想象中好很多。

苏苏决定自己搏一搏，在路边随便吃了些东西，打车到了新光天地。她做出一副要买化妆品的样子，请专柜小姐替她重新化了妆，然后来到华茂公寓。

苏苏坐在杜威家的门口，准备再次上演痴情怨女的戏码。可是这次她比上次更加不走运，一直坐到了晚上快 11 点，连个人都没有。

苏苏困得不得了，看看表，反正回去了宿舍也关门了，决定索性就这样睡了。

苏苏一觉睡到第二天天大亮，苏苏醒来发现自己不知道什么时候已经躺在了杜威家门口了。苏苏起身，拍了拍身上的尘土，料定脸上的妆是花透了，想想自己现在的狼狈样，想必见了杜威反不如不见，只好悻悻地回学校去。

宿舍里果然是一个人都没有，毕业生们都在忙着利用仅剩不几天的学生身份带来的青春清纯的标签拼个前程，谁还会奢侈的大白天躺在宿舍里没事做。

白霜似乎已经忘记了C，虽然偶尔的还是会想起来觉得有些惋惜，但是她是如此理智的人，觉得他们不把话说开其实是最好的，否则结局大抵只会是互相失望。

白霜自然是永远少不了约会的对象的，大概只是因为男人太多所以她才可以在无论条件多么优秀的男人面前都保持着18世纪英式淑女的矜持，没有寻常女子见了大金龟饿虎扑食的姿态。

朋友笑话白霜是女版的徐志摩，倒不是她多么有诗意，而是她在男人这件事上，像极了那几句诗：轻轻的我走了，正如我轻轻的来，我挥一挥衣袖，不带走一片云彩。

白霜对于男人似乎一副我对你无利可图，今日相见不过是我图个高兴的姿态让男男女女都感到赞叹，不过白霜深知自己如此不过是怕谈得深了，褪去光环的她没有对方想象中好看。

她更明白这世上小学生都知道贿赂班长，痴男怨女更是不多。她并不指望自己的一笑回眸能让哪个男人难以忘怀，她很清楚男人之所以在这个快餐的社会对她却有特别的耐心并非是觉得她与众不同，只是因为他们多多少少幻想着她的父亲能给他们的命运带来些改变。可是只有她清楚，事实上，她的父亲不会特别地去关照他们的命运，就像她的命运也并不曾被怎样特别地关照过。

白霜太过自尊，太过自傲。这自尊远远超越了她对爱情的渴望，她微微地抬着下巴，带着一点嘲讽的微笑看着仰慕她、鄙夷她、质疑她甚至侮辱她的一切人：她在女生背后议论她时是这个表情，她在男生猜疑她时是这个表情，她在在她父亲面前谄媚的商人面前是这个表情，她在做模特时被客户挑三拣四时依旧是这个表情。她总是安静地捡起掉在地上的自尊，带着寂寞，悄无声息地离开。

白霜觉得自己大概在30岁之前很难会谈什么考虑未来的恋爱，因为她必须要等待自己头上那个虚假的光环褪掉，让对方第一眼看到的便是那个真实的自己。这是她成全自己自尊和脆弱的最好方式。

她努力地制造一个真正的光环，便是一个正直、坚定、成熟、独立的自己。虽然这条路，并没有那样好走；她的美貌，给了她太多不同的选择，而她却要无比坚定的在自己的道路上行走，一边行走，一边质疑自己的努力是否有任何意义。

她看着那些整天似乎忙忙碌碌却也混得庸庸碌碌的人，不断地安慰自己，他们一定是不够努力，所以配不上更加体面一点的生活。上帝自然是公平至极的，只是偶尔会开一点无伤大雅的玩笑。

白霜深知，她的美貌，并没有太大的价值，在做模特的时候，她非常清楚这个城市里藏匿着多少个美貌出众的女孩。有时甚至不到千元的报酬散发出来的腥臊，都足以勾引她们出来觅食。

然而幸运的往往只是几个而已。有时看到几十个高个长发细腰的女子从一间屋子里涌出，几分钟内又消失在不同的方向。大约人们只是看到了她们的美，没有看到那美背后的卑微。

白霜新去接一个钻石商的广告拍摄，客户是个大老粗，但大老粗有时才能赚得到钱，因为他们特别的接地气。客户拿了一堆名牌珠宝的广告画，叫白霜一个一个摆给他看。白霜看了看客户，明白最好不要给任何建议，非常努力地满足客户的要求。摄影师也已经对这样的客户见怪不怪，但工作间隙，站在门口嘬两口烟，重重地吐了口烟圈，看了眼远处拿着广告画继续研究的客户，轻轻地飘出句："土鳖。"

白霜靠着门框，听得一清二楚，看了眼摄影师，会心一笑，什么也没说。

客户看到白霜和摄影师站在那，也跑过来聊天。开口就是："拍平面广告，模特好不好无所谓，主要是后期得好。"白霜笑笑，不置可否。

客户见白霜不搭话，又说："前两天我找的个模特，比你可便宜多了，一小时才 200 块，还不算化妆的时间，结果拍得又不能用。”

白霜笑笑，说：“怎么不能用了？”

客户看看摄影师和助理摄影师，说：“你问问他俩，拍出来的能用吗？你俩今天好好拍，别又一天费我小一万块钱。”

摄影师点点头，说：“您放心，今天这应该是没问题。”

客户又说：“你看我这产品也是挺值钱的东西，你们得拍得华贵点，别那么土里土气的。”

助理摄影师过来，拍拍客户的肩，说：“老板，您上次找的那模特真心不行，您看她，怎么华贵得起来嘛？矮我们能给拍高了，可是那气质、那脸，我们再怎么努力，改造程度不也有限吗？”

客户马上不干了，说：“我觉得那姑娘挺好。矮点怎么了，女人都像这个模特这么高怎么嫁人嘛！”

白霜微微有点恼怒，轻飘飘地说：“嫁什么人嘛，有什么好嫁的。”

白霜的经纪人也凑上来说：“我们白霜嫁人买老板的戒指要给打折啊。”

客户点点头，毫不含糊地说：“那是一定的嘛。好了，休息也休息够了，还差两个小时就到点了，不要浪费时间了。”

白霜立刻收起笑脸，喝了两口水，往影棚里走。化妆师过来，看了看她的脸，替她补了补粉。

客户赶紧又拿起那一堆广告叫白霜比划，比划比划着，自己便有些不耐烦了，说："你这个小姑娘，怎么学不到位呢？人家无名指和食指差不多长，你怎么怎么比划都矮一截？"

白霜忍住火气，走到客户面前，说："我再看看。"

又摆了几次，客户总是挑这个指头的毛病。摄影师替白霜说话，说："老板，您看这不是摆的问题，这人和人手长得不一样嘛。"

客户不甘心的说："你把食指缩回去点。"

白霜又摆，可是总是不如客户的意，客户烦躁地说："怎么回事嘛。你缩得自然些，不要让我看出你的指头缩了嘛。"

助理摄影师跑来劝客户，说："老板，您今天选的这个模特已经真挺不错了，条件挺好的，感觉也挺到位的，没关系，不是非要和他们广告画一模一样才好，咱们这个拍出来效果也是绝对很不错的。"

摄影师也说："您要实在想要食指短点，我帮您后期修修，刚咱们拍的这些都是数码的，您随便修。"

客户依旧不满意，说："我这么好的设计，这么好的产品，拍不出好的效果，真是白费了。"

白霜嘴角抬起一丝冷笑，说："不是您的设计好，是卡地亚，周大福的设计好，您的设计师只是抄得比较好。"

经纪人在一旁一看，赶紧迎上来，对客户说："您别着急，肯定拍得好的。"

好不容易拍完了，经纪人上楼收东西，白霜也收工准备走人。助理摄影师把白霜拉一旁，递了张名片，说："这是我名片，下次拍片直接找你行不？"

白霜心领神会，点了点头，说："一会发你电话。"说罢赶紧把名片收好。

经纪人走下来，有些狐疑地看着白霜，白霜疲惫地说："行了，走人吧。"

经纪人说："你去哪，我回公司了。"

白霜说："我找个地方吃饭。"

经纪人又凑过来，说："有个每天晚上表演的活你去不去？9 点到 10 点半，一晚上五百。"

白霜笑笑，说："你又不是不知道，我什么晚上表演的，卖酒的，卖雪茄的，这些活统统不接。"

经纪人也不坚持，说："得得得，听白大小姐的。"

过了两分钟，经纪人说："你干这个得二，凡事别那么较着劲，要二。"

白霜不咸不淡地说："我不是做这个的。"

经纪人说："哎呀，你看你又劲上了吧。公司还指着你能红呢。"

白霜不说话，脑海里突然闪现出父亲的脸，如果他看到现在的自己应该是会非常的失望。

经纪人递给白霜一个信封，白霜打开信封，数了数，一千五百块，她拍了五个小时。钱一大半自然又是经纪拿走了。

不过白霜知道，几个模特经纪和公司的老板都算照顾她，因为她基本面试是百发百中，再难搞的客户基本见了她也不会显得太过为难，当然，如果客户是男人，不过甚至于女人来说，白霜的安静气质也比大多数模特的搔首弄姿好许多。

白霜拿出钱包，把钱放进去，突然发现自己早上放在钱包里的 1000 块不知道去哪里了。

白霜突然感觉非常的无力，今天基本上算是白做了。什么也不想说，也不再和经纪人开玩笑，挥挥手算是道别，随手拦下一辆的士。

天色已经渐渐暗了下来，路灯陆续亮了。白霜把头靠在车窗上，玻璃映出她面无表情的浓妆的脸。白霜觉得自己脸上凉凉的，她突然希望有谁可以安静地陪她吃一顿饭，陪她看一场电影，可是似乎并没有这样的一个人。

白霜突然发现，自己并不曾真正喜欢任何一个和自己约会的人，他们中的大多数，只是帮忙白霜打发偶尔的孤单和排山倒海般的不安。

C 偶尔给白霜打过几个电话，后来实在无法可说，电波中只留大段的尴尬的空白。他们的事也便算是十分自然的不了了之，C 终究于白霜还是成了一段旧事。

白霜的电话响了起来，白霜接听。是一个央视的小主持人，最近紧缠着白霜不放。白霜不听对方说完，便冷淡而厌恶地说："不要再给我打电话了，我讨厌你的声音。"

白霜挂掉电话，对出租车司机说："师傅，麻烦您掉头去三里屯。"

白霜发短信给一个崇拜她到不行的小学弟，说："来三里屯，请姐姐吃饭。"

苏苏在去过悦悦家里后，便打定了主意一定要把杜威拿下。堂姐又不比她好什么，只是美了一点，但是又老了一点。苏苏在网上终于搜到了杜威的资料，连同杜威的办公地址也一并拿下。苏苏本来打算硬闯杜威办公室，可是想想觉得毕竟不太妥当，突然看到杜威公司网站上在招实习生，就果断地递了简历。

杜威的公司并没有那么出名，实习生又不带薪，苏苏没两天就接到了人力资源的电话叫她过去面试。

杜威的公司并不是很大，和其他两间公司一起占了一层办公楼。大概二三十个员工，苏苏坐在会议室里，等 HR 前来面试。

面试一切都很顺利，公司无非是想招个在市场部打杂的顺便兼顾一下市场部总监助理的工作，因为市场部总监大概除了出门时显摆面子需要助理，大多数时候并不需要花着固定薪水养一个没什么大用的人。何况，市场部总监还是个女人，似乎对花钱买个花瓶摆在眼前好看这件事并没有什么兴趣。

苏苏面试完出门时正好碰到了杜威的助理，杜威的助理用狐疑的眼神看着苏苏，最终还是淡淡地打了个招呼，什么都没有说。

苏苏走后，助理赶紧到HR那里去打听，问："刚才那个女孩是干嘛的？"

HR说："新来的实习生。"

助理问："是谁打招呼让收的吧。"

HR说："没啊，自己来应聘的，哎，好像还和你一个大学呢。"

助理心不在焉地说："是吗，那挺好的。"

助理拿了几只大信封来到杜威门口，敲了敲门，进去，说："杜董，刚送来的您的快递，里面有两份文件要您签一下名，盖公司公章。"

杜威接过来看了一下，签了一下名，在助理递进来借用公章的条上签了个批准。

助理看杜威不忙，赶紧说："杜董，我看到上次您让我去她学校送东西的苏小姐了。"

杜威稍微有点发愣，说："苏小姐？"

助理忙说："就是前段时间您让我买了个香奈儿包给她送去的那个苏小姐。"

杜威似乎一下警觉了起来，说："她来搞什么？"

助理说："来面试市场部的实习生。"

杜威看着助理的脸，想捕捉一丝她现在的感情，但助理带着职业化的笑容，站在那里，等待他的进一步指示。杜威盯着她盯了半晌，说："好的，知道了，你出去吧。"

杜威在助理出去后，拨电话给苏苏，说："小妹最近怎么样？"

苏苏接到杜威的电话，非常的诧异，说："我不好，杜大哥好不好？"

杜威笑笑说："怎么不好了？"

苏苏说："没有人陪。"

杜威说："那我得当仁不让的请小妹吃饭了。"

杜威约苏苏去瑜舍吃地中海菜，苏苏提前来到三里屯，钻进路边的商场买了一身性感些的连衣裙，又买了一双过膝长靴，去专柜化了深灰色的大烟熏，把身上面试时穿的套装寄存在了柜台。苏苏想换下背的包，买一只新的，但是钱实在不够，便依旧背着早前金蔓扔给她的那只香奈儿。

苏苏提前到了酒店，坐在一楼的酒廊里要了一杯咖啡，故作气定神闲地等杜威的到来。

杜威看到苏苏时微微有些吃惊，大概在那样昏暗的灯光和暧昧的气氛中苏苏还是看上去有些诱惑的。

杜威带着苏苏到楼下吃饭，苏苏微笑地看着杜威，不再让他替自己点餐，优雅地替自己点了两道菜。

杜威一直看着苏苏，他想也许苏苏真的是有所改变，不那么直接到愚蠢，幼稚到可笑。

苏苏任由杜威看着，安静地吃饭，吃完了，对杜威说：“这里的提拉米苏很不错，我想来一份。”

杜威说：“小妹很喜欢意大利菜啊。”

苏苏说：“杜大哥你也尝尝，真的是不错的。”

杜威笑笑说：“小妹跟谁一起吃的啊？”

苏苏说：“杜大哥终于是有那么一点点关心我了。”

杜威不再说话，欣赏着眼前的猎物故作矜持地享受自己的食物。

杜威带苏苏回到华茂公寓。进门时杜威瞥了一眼苏苏身上的包说：“小妹不喜欢我给你买的香奈儿吗？怎么还背着这个假包？”

苏苏吃了一惊，说：“这个不会是假的，是我一个很有钱的朋友送的。”

杜威不再说话，一把揽过苏苏，把她拖到墙边。苏苏并没有什么多余的感觉，只是内心中多多少少又有了些希望。苏苏看着眼前吊顶的天花板，突然发现金钱的诱惑远远超出了情欲的诱惑。

杜威洗完澡，坐在床头休息，苏苏爬过去，枕着杜威的大腿，轻轻的说：“杜大哥不要再不理睬我了，我受不了。”

苏苏感觉杜威的身体轻微的一颤，杜威似乎是在安慰她似的，说：“不会了，小妹不要去我单位实习了好吗？”

苏苏一下子从床边蹦了起来，说：“那个贱人助理告诉你的？”

杜威稍稍有些恼怒，但还是搂着苏苏，说：“小妹我怎么忍心你去那实习呢？好歹你也是老大的女人，给我的手下端茶送水像什么话？你若是真心想考虑考虑事业，我介绍你去别的大机构实习好吗？”

苏苏想了想，说：“杜大哥，我对你是真心的。“

杜威不再说话，过了一会儿，杜威说：“小妹，你姐姐的路没有那么好走。”

苏苏坐直了，说：“堂姐水性杨花的一塌糊涂，大学时胎都打了两次，我根本不相信她是真心喜欢堂姐夫。”

杜威似乎来了兴趣，说：“你堂姐当初不是小处女吗？”

苏苏说：“我可没有瞎编，不信医院检查去。凭什么她都可以有好日子过，我就不可以？”

杜威捏住苏苏的下巴，把她的脸扬起来，看着她的眼睛，说：“你堂姐是假意，小妹就是真心了？”

苏苏的眼泪似乎是从瞬间流出来的，杜威看她这样，不多说什么，对苏苏说：“小妹，睡吧睡吧，不伤心。”

第二天苏苏醒来时杜威似乎已经工作了很长的时间。杜威看苏苏起来，对苏苏说：“我一会要去开会，不陪小妹了。”说完站起身去了书房，过了一会儿出来，对苏苏说：“夏天快来了，小妹自己买几件夏装。”说完塞给苏苏五万块钱。苏苏看着杜威说：“杜大哥，你是会再理我的，是吧。”杜威说：“小妹你给HR打电话告诉她你不去实习了，这周晚些时候我介绍你去别家公司实习。”

苏苏看着杜威，想看出他到底是在想什么，觉得自己此时为了表那份真心应该不要这钱，可是又生怕万一这钱以后是不会源源不断地给了，这次错过了就实在可惜。

杜威似乎看穿了苏苏的犹豫，把钱放在苏苏手上说："小妹拿着吧。"

苏苏把钱放进包里，向杜威道了别。走出杜威家的小区时，苏苏长长地呼了一口气，她觉得如释重负。

苏苏把钱第一时间存进了银行，然后，打车回到了三里屯，去 PANINI TECA 要了 PANINI 和梨汁做早餐。苏苏看着窗外的阳光，觉得那个属于高尚社会的苏苏终于又重新回到了她的身体。苏苏想回去拿回自己的套装，可是想想看不过是一千多块买来的货色，干脆决定不要了。

杜威坐在家里，觉得自己似乎干了一件蠢事，可是又不得不这样做。他开始从内心深处反感悦悦，觉得这个女人不但骗了他的好哥们，还介绍了一个大麻烦给自己。杜威以为苏苏变了，但是事实证明她依旧是那个看了太多偶像剧的乡村女孩，身上散发着和她的年龄同家庭一模一样的市侩和小气。但是他知道一时半会还是要哄着她一点，他并不希望这种桃色新闻上了他公司的头条，何况女主的一切都和没品味挂在一起。他也并不希望自己的好兄弟跑来和他讨论自己是如何把他老婆的好妹妹弄到床上然后扔到一边的。

杜威觉得这一切都是悦悦的阴谋，她一早就盘算好他大概不会拒绝送上门来的新鲜羊羔。杜威开始觉得悦悦无非是想讨好自己，可是又不能亲自送上门。杜威心里巴不得悦悦变成他兄弟的前任，这样他也可以痛痛快快地扔了这个包袱。

杜威给自己另一个哥们打了个电话，拜托他给安排一个实习生的职位，对方爽快地答应了。

叶影在林岳的公司办好离职手续的当天，自己的账户上多了10万块钱。叶影明白，这大概也就是林岳给她的走路费了。她也应该识时务些，别去纠缠，说不定这样还有来日方长。

叶影悻悻地回到学校，看到自己宿舍里居然有个男生。男生坐在金蔓的床位上收拾东西。叶影看男生虽说长得不帅，但是浑身上下望过去，穿着低调而体面，似乎不像是这个学校里的，否则早就被女生们视为头号目标了。

叶影跟男生搭讪道："请问你是哪位？"

男生抬起头，看了叶影一眼，说："我是金蔓的哥哥，抱歉打扰了。"

叶影摆摆手说："不会不会，我是她的好朋友，叶影。小曼的事情真的是好令人伤心。"

男生显然是被触到了伤心处，微微地皱皱眉，说："小曼给大家添麻烦了，就是你去看过她是吧？"

叶影觉得奇怪，但还是点点头，说："她在里面受苦了。"

叶影又问："学校这边怎么办？"

男生说："学校这边倒还好说，给她办了休学。"

叶影说："小蔓哥哥，你加我微信吧，若是学校这边有什么事，我可以及时的告诉你。"

金蔓的哥哥拿出手机，加了叶影的微信。看没有什么别的事，拿了金蔓的东西就走了。

叶影赶紧拿出手机，把金蔓的哥哥单独设了一个分组，可是想想万一倒霉地遇见有共同认识的人穿帮了就不好看了。于是点进自己的相册把那些之前炫酒店炫餐厅之类的照片删得干干净净，拍的太前挺后翘撩拨人的也删掉。留下了些励志的，抒情的，让自己看起来像个微微有些不得志的才女，浑身散发着孤独与忧愁。

叶影想苏苏是肯定不会去看金蔓的，那便只有白霜会去了。叶影想打电话问问白霜这事，可是想想又觉得有些突兀。便决定耐心等白霜回来。

白霜晚上的时候果然回来了，白霜居然破天荒的没有化妆，叶影凑过去，说："白霜，你做什么去了？"

白霜说："上自习。"

叶影觉得白霜居然去上自习，这实在也太夸张了。但是她暂时不想管这个，她赶紧问白霜："你有金蔓的消息吗？"

白霜看着叶影说："我已经找家里人帮她了，她不肯承认她不知道她男朋友把毒品藏在她那，她说是她帮他找了买家，他男朋友和这个没什么关系。"

叶影大吃一惊，说："她傻啊？"

白霜说："她想替她男朋友顶罪。"

叶影说："然后呢？"

白霜说："到这种份上我也不方便再帮她了。"

叶影看着白霜说："你为什么帮她，她那么讨厌你。"

白霜缓缓地说："因为我理解她那种不顾一切的心情。"

叶影沉默了一会，她不喜欢白霜每次都把话题变得无比的沉重。她又问："金蔓现在在哪儿呢？让探视吗？"

白霜说："可以的，我把地址发给你。每周二上午可以去探视。"

叶影周二的时候，一大早坐上了大巴车，去北京郊外的那所监狱。

这里比叶影想象中稍微好点，仅仅是地狱，还不至于是炼狱。

金蔓被带到她的面前时，十分的憔悴。金蔓看到叶影，十分的惊讶，说："我还以为你不会来。"

叶影说："我一直惦记你，看能不能帮你什么，但是自身的能力实在是太过有限。"

金蔓笑笑说："你来看我已经不错了。"

叶影说："你没罪的对吧，你为什么非把脏水往自己身上泼。"

金蔓低着头，不说话。过了一会，金蔓抬起头，说："我是真的爱他。"

见叶影不说话，她又说："他有消息吗？他是不是也被抓起来了，不然他肯定来看我了。"

叶影说："他估计也摆脱不了干系。"

金蔓深深地叹了口气，又说："我是真的爱他，他能有一点点爱我就好了。"

叶影说："你放着好好的大小姐不当，干嘛整这些，你赶紧把事情说清楚吧，不然你这辈子就完了。"

金蔓说："是我买的毒，贩的毒，和他没有关系，你们怎么说都没有用。"

叶影一下急了，说："大小姐，这并不好玩，搞不好会判死刑的。"

金蔓说："你给我家人讲，叫他们别费力气了。"

叶影实在不知说什么，只得安安静静地看着金蔓。

金蔓突然，说道："上次我们去的那家在顺义的餐厅，我和他就是在那认识的。"

金蔓顿顿，又说："我知道王达他们会怎样说我，会怎样说他，我不在乎。他只是没有钱而已。我是爱他的，也许他爱的只是我的钱，但人不犯贱枉少年，我金蔓这辈子也算爱过了。其实他是不是你们以为的空虚少年耍帅摆酷所以沾了这个，他从小他妈就不要他了，他一直心理压力很大，又穷才接触了这个。有时，我看着他，他那么好看，我就在想，他为什么不能相信我是真的爱他呢？他为什么不能相信他是值得被爱的呢？"

叶影无奈地说："那你自己呢？你想过吗？"

金蔓摇摇头说："这样，他便也许会相信，我是真的爱他。"

叶影只得安慰了金蔓几句就回去了，当她坐在回城的车上，想着刚才见到金蔓的一幕幕，不知为何，她觉得自己多多少少有些被金蔓感动了。她突然理解了白霜所说的金蔓那种不顾一切的心情。只是这种心情对于叶影来说太过奢侈，她也没有那种魄力。

叶影也没有想到她一直觉得冷酷的毫无感情的白霜居然是和金蔓惺惺相惜的那一个。也许白霜的故事太过纠结，她觉得说多了会伤害了她脆弱而高傲的自尊，所以便永远沉默。

叶影回到宿舍突然看到白霜的桌子上摆着一打请柬。白霜正在那里一张一张的填。见叶影进来，微微有些迟疑，但是还是随手递上了一张，说："我结婚，有空来玩吧。"

叶影觉得这个宿舍里的女人都是奇葩，一个比一个会抖包袱。白霜看着叶影睁得大大的眼睛，说："你要结婚了？和谁？"

白霜淡淡地说："你不认识的，没关系，婚礼在一个月后，没事做的话来捧捧场。"

叶影觉得自己真是受了刺激，拉过一把椅子，坐到了白霜面前，说："说说看，谁家公子配得上白大小姐。"

白霜说："原来约会过的一个人，没有什么特别的。"

叶影说："但是基本的高富帅配置还是有的吧。"

白霜不置可否地笑笑，然后说："他上周一天晚上打电话来说希望以结婚为前提的交往，我想我已经很累了，就说不用交往了，你敢直接结婚吗？他答应了。"

叶影听了说："大小姐你这不是把自己往火坑里推吗？"

白霜说："不是和谁都是如此吗？"

叶影说："我还以为你是单身一族。"

白霜说："他硬件不错，软件尚可。我不过是货币一枚，汇率正好，不如成交。"

叶影很吃惊地看着白霜，她觉得这种话应该是出自她自己的嘴巴而不是清高地把云都比低一截的白霜。

白霜认真地看着叶影，依旧带着白霜似的微笑。叶影突然发现白霜是认真的，她突然有种如释重负的感觉，觉得任凭是白霜这样的女子也不过是这样。但是透心的失望更加汹涌地漫过了她的全身，在那一刻，她突然发现自己对这个世界的美好已经完全没有了指望。

叶影回到自己的床上，发了一条朋友圈：今天去北京郊区看望我大学最好的朋友，惊觉世界如此纯粹的女子不过也就是她一个了。

果不其然，金蔓的哥哥在底下留了一堆省略号。叶影并不着急回复，晚一点的时候回了一句："我只希望她能好。"

金蔓的哥哥没有再回复。叶影每天在网上忙着找工作，或者参加学校里的招聘会。四年的大学生活已经让她明白，如果你足够放得开，从男人那里弄些钱自然是没有什么问题的，但是如果可以解决终生问题借此辉煌腾达则需要非常的运气。

叶影每天在宣讲会之间跑来跑去，简历也不知发了多少份。

好在多多少少也算是有些收获，有几个大企业的 HR 对她表示出了兴趣。

叶影依旧每个周二都准时去看金蔓，金蔓快要提审了，人愈发的憔悴，眼中透露出因为绝望而产生的坚定的光芒。金蔓不再抱怨监狱的糟糕的环境，粗鲁的狱友和动不动就想揩油的狱警。她每次都静静和叶影回忆和男友在一起的点点滴滴，她不再问叶影是否有他的消息，不再纠缠他是否罪名被洗清了，是不是爱她。

金蔓一次又一次的告诉叶影，自己是多么的爱他，这种爱已经完完全全的把她吞噬了，她现在如此坚持，只是想让他知道后能够相信她是真的爱他。

叶影觉得每次见金蔓都受了一场爱的教育，净化她心灵的居然是一个贩毒的纨绔子弟，叶影觉得自己真是足够堕落。

有一天晚上，叶影突然接到金蔓哥哥的微信：有空出来坐坐吗?

叶影回到：有。

金蔓的哥哥说：你在哪儿? 我现在去接你。

叶影回到：学校。

叶影放下手机，赶紧把扎起的头发放下来，稍稍地倒梳一下，原本微微有些油腻的头发立刻显得蓬松了起来。叶影找出一条无比宽大的针织裙套在身上，又找了一双及踝短靴。画上了灰色的小烟熏和裸色唇膏。

金蔓的哥哥大概半个小时后来到了叶影的楼下，开着一辆奔驰 E250，显得十分的低调。

金蔓的哥哥替叶影拉开车门，说："上次忘了说，我叫金铭。"

叶影笑笑，伸出手说："我是叶影。"

金铭看上去稍稍有些疲惫，他把车开到一家漫咖啡，带着叶影走了进去。

金铭看着叶影，说："不好意思，这么冒昧把你叫出来，我就是想找个人说说话。"

叶影摇摇头，说："不会，我没什么事。"

金铭突然不知该说什么好，看着叶影不说话。叶影探试地说："我想你现在压力很大吧。"

金铭叹了口气，过了一会儿，说："我们一直想不通小蔓怎么会到这个地步，后来想想，也许也是我们的错，从小到大，家人给她的钱远远多过了给她的关心和时间。"

叶影说："不要这样自责，金蔓这样直来直往的单纯性格怎么是她那处心积虑的男友的对手。"

金铭静静地喝着咖啡，叶影坐在一旁安静地陪着他，什么也不说。

金铭坐了很久，他突然看了一下表，说："对不起，太晚了，我送你回去吧。"

叶影点点头。金铭把叶影送到宿舍楼门口，叶影上楼，拉开灯，才听见宿舍外引擎发动的声音。

叶影对金铭还是抱了那么一点点希望，现在他家里出这种事，再坚强的男人，大概也是会脆弱的。

叶影晚上 12 点时照了一张金蔓的桌子的照片发到微信朋友圈，配了一句：若你是找到了最好的幸福，人去桌空也是美好。只是，我的愿望总是在落空。

金铭不知道是否看到了她发的东西，并没有什么反应，叶影收拾收拾去睡觉。

半夜的时候，叶影突然惊醒，她突然感觉到无比的失落与恐惧，白霜已经很多天没有回宿舍了，现在她自己，最想摆脱这个房间的人却躺在这里。叶影觉得自己的一生也许就不过如此了，想到这个就让她不寒而栗。叶影无法抑制地大哭起来，她想她究竟对自己做了什么啊，在自己最美好的年龄，如此残忍地学会现实。

叶影拿过手机，突然发现金铭不知道什么时候在她发的照片下留了：你是个好姑娘。

叶影看着这句话，心底突然有一丝悲哀，可是更多的，是希望，她觉得自己多多少少看到了一点成功的曙光。叶影回道：谢谢。

白霜第二天下午居然奇迹般的来到了学校，叶影凑上去和她搭话，白霜突然说："我的婚礼你不用去了，婚礼取消了。"

叶影十分吃惊，说："为什么？"

白霜眼圈微微的有些发红，但还是很镇定地说："我不结婚了。"

叶影说："为什么啊？"

白霜笑笑说："到底还是双方对对方都有些失望吧。"

叶影小心翼翼地问："Care to talk?"

白霜笑笑说："Nope."

叶影自知会吃白霜的闭门羹，所以也不恼怒。白霜突然对叶影说："你现在有事吗？"

叶影摇摇头，白霜说："陪我去喝酒怎么样？"

叶影说："现在？姐姐现在才下午 4 点多，到哪喝酒去。"

白霜说："北京你早晨八点想去喝酒也有地方给你开门。"

叶影看着白霜，说："白霜，你还好吧？"

白霜笑笑，说："我挺好，就是有些郁闷。"

白霜拉叶影去学院路上一家小酒吧，布置得很美式，一切都是木头做的。很符合想要点小情调又没那么多钱的学生群体。

白霜进去就要了一杯伏特加，叶影看着吧台上的酒和选择寥寥的酒单觉得估计他们调出来的鸡尾酒十分够呛，便要了一杯橙汁。

白霜并没有像叶影想象的把伏特加一饮而尽，她十分缓慢地喝，并不和叶影多说话。白霜的一杯酒足足喝了有一个小时，她对叶影说："我们走吧。"

叶影看着白霜，想也许她无非是想有个人陪陪她。白霜突然对叶影说："金蔓快没事了。"

叶影十分吃惊，说："怎么回事？"

白霜摇摇手，说："我知道你一直在去看她。"

叶影还是追问："她要出来了？"

白霜点点头，又别过头去，表示一切不愿多谈。

叶影知道在白霜这里，追问也没有什么用，便不怎么费事了。

白霜取消婚约的事最终还是被研究生部里一个白霜未婚夫的前女友的闺密爆了出来，自然是嘲笑的口吻。整个学校似乎都一直在等待看白霜的笑话，可是白霜并没有给他们太多这样的机会。关于白霜各种各样离奇的谣言从来没有断过，但是白霜不知是没有听到还是无所谓，从来没有任何回应，最后谣言不是不攻自破就是又被新的谣言代替了位置。

大意是男方要求白霜的爸爸帮助提拔一个处长到副局级被

白霜一口拒绝，心中自然就已经憋了一口气。之后又实地调查了白霜家，发现白霜家里不过是一套还算体面的房子，自然还是国家分配的，白霜连继承权都没有，存款估计不过一两百万，家境撑死了是小康水平，和大富大贵真心没有什么关系。男方突然觉得自己并没有捡多大便宜，他对于抱得美人归终究是没有那样大的兴趣的，开始有些别别扭扭挑三拣四了，就取消了婚约。

这条消息像非典一样一下子传播开来，甚至穿出了白霜大学的城墙，向友校扩散。

白霜自然是知道自己取消婚约的事情已经扩散开了，她自然是知道大家是如何欢呼雀跃的，不仅是女生对此津津乐道，男生似乎更觉得这个消息是如此振奋人心，从来不正眼瞧他们一眼的自诩冷艳高贵的白霜终究是被一个男人嫌弃得一文不值，白霜像是粘在他西服上的灰尘，被毫不留情地弹到了地下。

白霜不论走在学校哪里，都能听到有人在议论这件事，有人对着她指指点点露出猥琐的笑容。甚至她在洗手间的时候也能听到外边在议论，白霜总是耐心地待到隔间里直到外边彻底没有了声音才出来。

对于这件事，白霜的内心并没有太多的愤怒，只是有些悲凉，甚至还有解脱。她终于不得不承认这世上不会有什么男人因为爱情而和她厮守，她便也可以断了这份浪漫的念想，不再指望男人什么。

不过实际上悔婚的是白霜，在看到男方露出笑贫不笑娼的鄙夷笑容后，白霜并没有辩解什么，她甚至没有吵闹，只是非常安静地走了，安静到男方甚至没有感觉出她是真的要离开了。

白霜打了一辆出租车回家，她看着夜晚的北京，突然觉得这一切是如此陌生，她觉得自己突然好累好累。好想好好的睡一觉，她是那样的累，甚至都没有多余的眼泪。

白霜突然想到了前男友，也许他是爱着她的，他会包容她的一切任性与乖戾，他总是那样温和地对白霜说话，从来不舍得对白霜生气。他上高中时好几个月不吃中饭，只为了给白霜买一件她能看得上眼的礼物；他上大学时不让白霜去赚钱，白霜以分手要挟，他就每次远远地看着她，等到没人的时候给白霜揉一揉脚，塞两个包子，晚上再送疲惫至极的白霜回学校；甚至到分手时，他都哽咽地说："小霜，你去看看你想要的世界，等你累了就回来，我在这等你。"

白霜想自己是真的累了，可是只能面带微笑的继续往前走，她回不去了。

白霜回家，看到爸爸妈妈，妈妈有些疼惜地说："小霜你看你结婚的事一点也不让妈妈插手，这两天你都累瘦了吧。"

白霜听到这句话，眼泪一下子涌了出来，她强忍住眼泪，笑笑说："妈妈，我不结婚了。"

白霜妈妈一下子从沙发上站了起来，说："怎么之前吵着要和他结婚，现在又不结婚了呢？”

白霜说：“有些冲动了，还是脾气有些不合适，我怕真的在一起了以后会出问题。”

白霜爸爸也走了过来，说：“你想清楚了吗？”

白霜点点头，白霜妈妈一把搂住白霜，说：“女儿，你心里难受你就哭吧。”

白霜笑笑，说：“妈，我没事。”

白霜爸爸说：“他怎么说的。”

白霜说：“这种事一个人不愿意就是成不了了，他会接受的，没有关系。”

白霜爸爸说：“霜你自己拿主意，不管你最后做什么决定，爸妈都会无条件的支持你。”

白霜点点头，说：“爸，妈，我真的是有些累了，我洗洗先睡了。”

白霜躺在床上，想着发生的一幕幕，想起她的未婚夫曾经有那么一两个瞬间让她觉得他似乎是真的有些爱她的。还好，白霜想，终究是没有把自己的脆弱暴露得那样的彻底。

白霜拿来手机，上面都是未婚夫的未接电话，白霜发了一条信息给他：不好意思，我有些事情先走了，我觉得我们的事情还是有些鲁莽，我想我们还是做普通朋友更为合适。谢谢你这段时间的关心。

然后白霜关上了手机。白霜觉得自己头痛欲裂，可是却无法入睡，她觉得也许这样也好，也许自己注定自由。白霜想她对于人的市侩无能为力，所以只能远离。她并不打算告诉父母那些所谓的真相，她不愿他们伤心。她觉得他们也不必知道真相，这对现实没有任何一点帮助。

白霜的未婚夫在两周之后似乎是接受了这个现实，白霜甚至和他吃了一顿火锅作为分手餐。男生唯一耿耿于怀的是终究还是白霜离开了她，而且她望过去依旧云淡风轻。双方的父母在白霜的阻挠下没有再见面，白霜说如此令人尴尬的繁文缛节，免去也罢。

男生问白霜："你为什么要悔婚？"

白霜觉得这个问题无比的可笑，似乎他真的不知道。若他真的不知道，那么他便是一点也不了解白霜。

他既不了解她，亦不打算尊重她，那么这段本来就是因为白霜的疲惫而一时兴起的感情便毫无保留的意义。

白霜笑笑，说："我还是比较适合自由。"

男生有些愤怒，说："还是你对我不满意？"

白霜说："不会，我们不过不是同一类型而已，是背道而驰的两种，不是互补的两种。"

男生的耐心似乎已经被用尽了，带着一点不甘和愤怒，离开了，似乎这样多多少少能扳回一点面子。

白霜一个人平静地继续吃着这一顿火锅，平静到悲哀，白霜想自己自然是有权利俯下身来痛哭一场的，可是那是寻常女子会做的事，不是她白霜。她的那一点点爱他也算有了个了结，所以到底他们之间没有任何亏欠。

白霜去上自习时，再次听见有人在背后议论她。两个女生走过白霜的身边，其中一个轻飘飘地说："还以为你老爸多大本事呢，没想到不过是穷鬼一枚！"

白霜微微一愣，微蹙着眉，有些不相信地瞪着双眼盯着她。对方被她一怔，后退了一步，嘟囔到："看什么看，好像我说得不对似的。"

白霜站起来，觉得自己似乎用尽了浑身的力气狠狠地扇到了这个女生的脸上，这一巴掌似乎把她的所有委屈都还清了。女生没有料到白霜会这样，整个自习室的人都朝这边看过来，白霜感觉到自己的身体在发抖，但她挺直了腰板，狠狠地看着女生。

女生捂着脸，立刻就哭了出来，旁边的女生立刻把女生揽到身旁，冲白霜吼道："你神气什么啊？都被人退婚了还这么凶，谁买你的账啊！"

白霜听到自习室里立刻响起了一阵阵的窃笑，一些不认识白霜的人开始扭着头四处打听这个女生是谁，有一个胆大的已经拿出了手机开始录像。

白霜微笑着看着那个高举手机的男生说："你需要我配合你的镜头吗？"

男生有些垂头丧气地把手机放了下去。白霜看着那两个女生说："我就是被退 100 次婚，依旧是比你们俩高级的人。"

自习室里突然爆发出一阵哄笑，有人直接就喊了出来："你以为你是谁啊？原来以为是个白富美，现在看也就是一个黑木耳。"

白霜觉得眼泪已经快要涌出来了，但她告诉自己一定要挺住，她恶狠狠地看着那个男生，一言不发。

被打的女生也不哭了，讥讽地说："自己家里没钱又装白富美，现在被嫌弃了，你拿我撒气算什么？"

白霜两步走到女生面前，女生向后一退，喊起来："有人打人啦！"

白霜冷笑一声，说："我对你的糙皮没有什么兴趣。我原来觉得为人正气很重要，今天我受教育了，若人民都是你们这副嘴脸，贪官不干正事也没有什么好让人愤怒的。"

自习室里立刻沸腾了，一个男生直接站起来说："你怎么说话呢？"

白霜看着男生，无所谓地把头偏向一边，说："呦，戳到痛处了。"

男生气急败坏地冲上来似乎想要打白霜，两个男生手疾眼快地拉住了他，男生吼着："你高高在上摆什么姿态，最看不惯你官小姐的样子了，别自诩家里清白了，我家被强拆时怎么没遇到个清官？"

白霜愣住了，在那一刹那她突然被提醒这个世界上自己并不是悲惨的那一个，自己承受的委屈和压力并不足以毁掉她的生活，而在她身边也许有人正在默默地努力着，用一种改变自己命运的悲壮努力着。

听到男生的话，教室里更是炸开了锅，白霜回到座位上，说："我还要自习，请不要烦我了。"

被打的女生看白霜气焰消了一大半，快步上前，说："那我就被白打了是吗？你要么让我还你一巴掌，要么我们去派出所。"

白霜抬起头，看着女生挑衅的样子，淡淡地说："你去报案吧。"

女生被气得够呛，伸出手来要抓白霜的头发，白霜在瞬间爆发了，一把拽住女生的手，站起来把她摁到了墙上，掐住她的脖子，低声说："不要招惹我。"

女生被吓坏了，周围人也吓傻了，都直愣愣地看着白霜，大概过了5秒钟，白霜松了手。女生松了口气，一下瘫坐在椅子上开始抽泣。女生的同学赶忙迎过去，护住女生，冲白霜叫道："这事不能就这么完了，我们去找辅导员，白霜你等着毕不了业吧。"说完搀着女生走了。

自习室似乎在瞬间恢复了安静，白霜感觉到有许许多多的目光在她身上扫来扫去，她努力忽视这些目光，坐在那里继续看书，可是什么也看不进去。

白霜感到无比的屈辱，她想哭出来，可是她知道自己不能哭，不能白白让人看了笑话。白霜强忍着在自习室又坐了一个小时，然后装作什么都没有发生的样子走出了教室。

白霜看着自己的校园，觉得一切是这样的陌生，她已经快毕业了，可是依旧搞不清楚至少一半的楼的位置。她从来没有想过要融入这个群体，所以她也许也不应该责怪这个群体对她的排斥。

她回到宿舍，宿舍里只有她一个人，白霜锁了门，终于支撑不住，趴到桌子上哭了出来。

白霜努力不哭出声，她觉得自己的胸腔里的愤怒几乎要涌了出来，压迫着她无法正常呼吸。白霜狠狠地咬着嘴唇，对自己说："白霜，你就这点出息。"这一切都没能奏效，白霜终于无法抑制地哭了起来，白霜觉得自己从来没有如此的畅快也没有如此的疲惫过。

白霜的电话突然响起来，一个不认识的号码，白霜清了清嗓子，接了起来。

"白霜吗？我是大班辅导员杜老师，你现在到我办公室来一下。"

白霜觉得有些莫名其妙，说："什么事？"

那边说："我希望你给方芳同学赔礼道歉，你今天打她是非常恶劣的行为。"

白霜说："那是不可能的，你们随意吧，报案去吧。"

对方说："白霜，我好歹也是你的辅导员，你注意一下态度。"

白霜说："我没有觉得我的态度有任何问题，我的立场我已经说得很明白了。”

那边似乎想要发作，但又奈何不了白霜怎样，于是挂了电话。

白霜把电话扔到一旁，也懒得洗脸，爬上床睡觉。

不知过了多久，白霜突然迷迷糊糊听到敲门的声音，她还以为是叶影或者苏苏回来了，赖在床上不愿下去开门，喊了一声：“自己到楼下借钥匙去。”

敲门声不但没有停止，反而更加大了，夹杂着谩骂声。白霜坐起来，听出来是今天打的女生方芳的声音。门外大声喊着：“白霜，你个绿茶婊给我滚出来啊。有本事你别躲着啊。”

白霜披了一件衣服，走下床去，在抽屉里翻出一副耳塞，放进耳朵里，爬上床继续睡觉。

白霜第二天出门时，发现自己的宿舍门上用红色的喷漆喷了一个大大的“婊子”。白霜看到来来往往的女生用异样的目光看着自己，并不做任何反应，像平常一样锁好门去上自习。

苏苏回到宿舍时看到宿舍门上的字立刻火冒三丈冲到楼下去找宿管理论。宿管只得跟着她上楼去，一看门上的字，也着急上了火，当时就扯开嗓子喊了起来："这是哪个小姑娘啊，往人家门上喷漆，没羞没臊的！这得弄干净啊，不然文明宿舍楼和咱们学 8 没关系啦啊！"宿管这一嚷嚷，这层的人都凑上去围观，其中一个说："这不是昨天方芳骂白霜白霜不理她喷的吗？"

另一个女生推推她，想让她住口。可是苏苏已经拨开人群，一个箭步冲到女生面前，说："谁干的？"

女生不说话，宿管大妈也走过来，说："这位同学，这个字是谁喷的？"

女生无法，只好磨磨唧唧地吐出两个字："方芳。"

苏苏一下火就冒上来了，说："谁这么不长眼睛，和我苏苏过不去，这是想死的节奏啊。"

女生嘀咕道："不是骂你的，说白霜的。"

苏苏更加火了，说："她和白霜过不去，往白霜脸上喷啊，喷到我宿舍门上算什么意思啊？”

宿管说："这个事情必须解决，这个方芳不是我们楼的吧，她是学几的？”

白霜不知从哪里冒了出来，她抱着几本书，神色平静地直接走进屋里，对苏苏说了一声："你要进来吗？”

苏苏来了火，说："你不要连累别人，骂你的把我们一宿舍都骂了！”

白霜眼睛挑了挑，冷笑了一声，说："她没冤枉谁啊。”

苏苏一下冲进来，说："白霜，你有什么好嚣张的啊？大家可都听好了，你们以为的千金大小姐天天早出晚归奔秀场吸金，吸的脚上十个泡叫上场照样得上场。”

白霜无所谓地看着苏苏说："你说点新鲜的行吗？”

苏苏站在那里，说："行，大小姐，我没你厉害，不过麻烦你把喷字的那个贱人找出来给我把这个擦了。”

白霜站起来，缓缓地说："你着什么急，你把我名字加到前面不就行了。”

苏苏不说话。白霜摇了摇头，抽出一条湿巾，把洗甲水倒在上面，走出去，开始擦，居然把漆擦掉了。白霜看了看苏苏说："一会再擦一遍就好了。”

苏苏最近非常的不顺，杜威的确是把她安排到了一个大公司做实习生，也没有拒绝她的各种骚扰，可是似乎想见他一面是难上加难。见不到人，苏苏自然不好要钱，所以最近觉得经济上又有些吃紧了。

苏苏对白霜说 :“白霜，你说我能去当模特吗？“

白霜说 :“上 T 台肯定是不指望了，平面的话勉强可以吧。”

苏苏说 :“白霜，你介绍我去当平面模特吧。”

白霜似乎刚才的事心里的疙瘩还没下去，说 :“你自己上网搜搜，很多的，自己去报名好了。”

苏苏嘟囔着嘴坐到电脑前心想这怎么找，抱着试试的想法搜了一搜，没有想到居然真的一下子出来了一大堆。苏苏挨个看上去，基本上都是模特公司挂出的各类招杂志内页广告灯箱之类，也有好几个都是找商务模特的，每天 9 点到 11 点，工资保证不低于两万块。

苏苏想想，这种商务模特似乎不错，这样也不耽误自己白天的实习，便朝那留的邮箱发了自己的照片联系方式过去。过了一小会，便有电话打进来。

对方问苏苏 :“你的条件是可以的，不过这个有时工作时间会超过十二点你可以吗？”

苏苏说 :“太晚了我就没有地方住了。”

对方说 :“我们有宿舍休息的，这个不是问题，你是大学生吗？”

苏苏说 :“对的，我学校是 985 的。”

对方说 :“这个工作是要陪客人喝酒的，你可以吗？”

苏苏说 :“当模特为什么还要喝酒啊？”

对方似乎愣了一下，然后说："哎呀，其实说白了就是公关。"

苏苏想了一下，说："你是说小姐吗？"

对方说："反正现在骗你你来了也知道，所以现在也不蒙你。"

苏苏说："这样啊。"

对方说："你觉得没问题的话，就约好时间带上身份证来，一切都没问题后，带你去体检。"

苏苏惊讶的说："体检？小姐体检什么？"

对方笑笑说："我们这里是很高档的俱乐部，你万一有传染病传染给客人我们以后怎么做生意？"

苏苏紧张地说："我最多陪陪唱歌的，怎么传染？"

对方笑笑，说："小姑娘，你真可爱，你以为我们只查妇科啊，肝功各种传染病都是要查的。"

苏苏说："那我想想吧，一般你们那能挣多少啊？"

对方说："这个就要看个人能力了，好些的一个月五六万都拦不住，不会来事的一万都够呛。"

苏苏说："不是说保底 2 万块吗？"

对方笑笑说："钱没有那么好赚的，我们俱乐部跳舞的姑娘，一晚上跳 3 个多小时，一天如果没小费就挣 400 块。"

苏苏说："那我能先去你们那看看再定吗？"

对方说："行，你今天晚上来吗？"

苏苏说："行，你能把地址发到我手机上吗？"

晚上的时候，苏苏打扮了一番，按照地址找到了东边的一家酒店，苏苏来到了俱乐部所在的楼层，站在电梯口，不知所措。俱乐部门口的保安说："你怎么不进去？"

苏苏朝里面望了望，觉得有些害怕，说："我等人。"

这时一个大概四十岁中旬的男人走过来，看了一眼苏苏，说："进去陪我聊聊。"

苏苏赶紧躲在一旁，说："我是来等人的。"

男人说："不要紧的，我们坐在大厅，你可以到里面等的。"

苏苏扭捏地不愿去，男人便也不坚持，自己进去了。保安低声对苏苏讲："你该进去陪陪他的，他是我们老板。"

苏苏不做声，这时候冲出来几个小姐，领头的看到苏苏，便问："你有台了吗？赶紧跟我走。"

苏苏说："我是客人，来等人的。"

对方看了苏苏一眼，说："不好意思啊。"然后扭身就走了。苏苏听到女人讽刺地嘟囔了一句："还客人，切。"

苏苏站在那里，非常不自在。觉得自己应该无法接受在这里工作。便发了一条短信，说：我觉得我可能不能胜任这份工作。

对方甚至都没有空劝她，立刻回了短信：好的，如果你改了主意，随时都可以再来。

苏苏转身上电梯时感觉保安的眼神一直刺着她的脊梁，她不知道如何形容那种眼神，并不是她想象的不齿，更多的是艳慕甚至是对她错失机会的惋惜。

苏苏走在大街上，打量着她心中无法替代的北京。她想在这里好好活下去，可以挺直腰板活下去。她想也许她一辈子也学不来那顺口的像流水般的京腔，但她知道当她足够有钱时，北京就会更像是她的北京，而不是那些胡同串子的北京。

可是今天她有些糊涂了，当她看着街上卖包子的依旧有着像刚出笼的包子似的热气腾腾的笑脸，小学生没心没肺的在路上胡扯着看不出谁穷谁富，红袖标们在那真把自己的工作当个大事似的重视时她困惑了，太多时候她只想到了CBD的那个冷峻的北京，她忘记这还有一个暖融融的能让她这个小姑娘累了靠靠的北京。

苏苏突然想到自己的初夜，她是如何忐忑地带着自卑把自己奉献给一个自己都不怎么了解的人的。她想到第二天的那顿鼎泰丰，她吃得战战兢兢，深怕一个不小心露出了她那乡里乡气的尾巴。

苏苏甚至是带着感恩的心感谢一个莫名其妙的男生用一顿包子带她走近了她想了解的那个北京。她从来没有想到过，她的童贞和任何人一样的宝贵，她稚嫩的青春并不因为她那不太高贵的出身就得必须贱卖，可是北京有太多稚嫩的青春排着长队站在那里或者吆喝或者沉默等待着看客用香奈儿把她们带走，苏苏想自己就是这大军中的一员，在这里，道德观，爱情这些曾经她熟悉的理论变得无比的矫情，她焦急地渴望的不过是一次合适的交易。

苏苏买了一包烟，坐在马路牙上。她突然发现自己对自己是如此的残忍，自己是如何活生生的把自己变得面目全非。她冷漠地看着北京的夜空，突然觉得这里也许永远都不会是自己的家。

她发了一条短信给杜威，说：杜大哥，我以后不会打扰你了，谢谢你给我介绍那么好的工作，我会努力的，祝你家庭幸福。

杜威并没有回答她，她想也许杜威松了一口气，也许杜威偶尔也会想起她稚嫩的身体，她想这终究不过是一次交易，还好，到目前为止，她只是很爱他的钱，事情还没有糟糕到她已经爱上他。

金蔓出狱的那天，叶影也在，只是不是作为金蔓的好友，而是作为她哥哥的未婚妻。金铭说现在在北京像叶影这样纯洁而又上进的女孩不多了，她让他感到干净，好像一切都平静美好，而她的家庭出身又让他无比的心疼。金蔓听说了这个故事，意味深长地看着忐忑的甚至有些哀求的看着自己的叶影，什么也没有说。

金蔓的爸爸神通广大的搞定了金蔓的大学毕业证和学位证，他准备把金蔓送出国，说先上一年语言班，之后如果能考上研究生当然是好的，如果不行就在国外呆两年回自己公司上班。他希望金蔓换一下环境，忘记在北京的这一切，给她一个从头来过的机会，毕竟她还年轻。

金蔓在上飞机的时候，问她爸爸自己的前男友会不会被判死刑，她爸爸没有说话，金蔓以为自己会哭出来，可是她已经没有了任何感觉。

金蔓坐在飞机上，想想自己几年的大学生活像是一生那么长，觉得无比荒唐。她曾经一度觉得自己是站在这个城市最顶端的那一撮人，高傲地俯视着脚下苟延残喘的众生，而爱情却让她跌了一个猝不及防。

金蔓突然想到自己之所以在改口后这么容易就出来了，也许最重要的原因是那个从来没有爱过她的男人从来没有承认过这件事和她有关。他至少并不曾恶意的伤害她，他只是习惯了自由。金蔓以为自己会为此难过，可是她的内心像一池沉默的湖。

当得知自己哥哥要和叶影结婚时，金蔓很难形容自己的感觉，她深知叶影是怎么样的一个人，自然明白纯情和叶影没有半点关系。可是金蔓突然觉得打扰别人的幸福是一件很残忍的事情，金蔓不想破坏自己亲哥哥等待了这么多年突然的爱情，或者不想让他对于感情的自信受到打击。

金蔓知道，只要有钱自然是可以留得住叶影的，是留得住叶影的柔情不会让哥哥看到她的狰狞。更何况，金蔓想，若叶影不是她的同学，大概自己也会被她完美的表演骗到，可见若把叶影换成别人也未必就是换得真性情。金蔓已经不再相信感情，感情不过是漫天绚烂的泡沫，是一场盛大的幻觉。

当金铭给叶影求婚的时候，叶影突然哭了出来，不是因为感动，更多的是如释重负，这如释重负盖过了她的内疚。叶影在那一刻觉得自己落了地。她终于在这个城市有了根。她并不知道婚姻对于一个二十出头的女孩子意味着什么，她并不在乎自己廉价的自由，她只想每天晚上可以在柔软的被窝里入睡，不用担心第二天不去觅食会饿。

叶影知道自己对金铭用的手段是低劣的，如此不加思考的利用他对妹妹的感情塑造一个美好的自己。可是她并无悔意，她知道机会来了，她必然会这样做，否则是对不起这座弱肉强食的城市。

叶影想她真的有些爱上金铭了，她觉得在金铭的儒雅面前，自己是如此的龌龊不堪。她经常做梦梦到叶影告诉了金铭关于自己从前的一切，她又被打回原形，收拾着自己惨败的尊严匆匆离场。每当这一刻，她总是会突然惊醒，坐起来看着四周，摸一摸她埃及棉的床单是不是还在。这是她做过最恐怖的噩梦。

金铭一直是关怀叶影的，金铭希望叶影不要出去工作，觉得社会的残忍会迟早毁了叶影身上纯真的美好。金铭关爱叶影甚至超过了自己的妹妹，他觉得金蔓是个不知好歹的小孩，远不如叶影这般的温顺懂事，更不如叶影这样感恩。

金家对叶影的出身一直颇有微词，但后来想到自己的女儿倒是出身好，最后什么坏事都和她挂上了边，可见千金大小姐除了一身骄横外别的倒都输给了寻常人家的女孩。

叶影说自己不想要什么盛大的婚礼，金铭听了更是心疼，觉得叶影小小年纪已经懂得持家，知道男人对这种事大多不过是为女方高兴才勉强花销。其实叶影只是不知道如果办婚礼自己不愿意请任何同学时金铭会不会觉得可疑，所以想不如低调了事。

金家二老虽说对叶影不是很满意，对她一向冷淡，这次却说女儿最近出了事，现在也算是了结了，也可以趁着这个机会为家里添一点喜气，大办一下，让人知道金家底气还是足得很。

叶影却说能嫁给金铭是自己不知从哪修来的福，她知道自己这种寻常女孩家里又是单亲自然是高攀了，金家的朋友都是非富即贵的人，为自己如此大办婚事只怕带不来喜气更是让金家丢了面子。

金家二老看着儿媳含着头垂着眼，暖黄色的灯光打在她长长的睫毛上，突然觉得这个女孩倒是真的分外懂事，惹人怜爱。叶影抬起眼，说自己也是有些私心，大办了的话来宾里免不了也有各家千金，自己这种平民百姓自知见识容貌修养学识都是比不过那些从小就书香熏、众人捧、金钱砸的大小姐们的，只怕丢了金家的脸面，自己也是没有这个胆识和她们一争高下。金铭听过他的这话，一把搂过叶影，怜惜地说："你比她们那些个宠坏了的不知好个多少倍，你若不想我们就不大办，可是这样可就太委屈你这么好的姑娘了。"

叶影有些娇羞地说："等添了丁再大办，我也算直得起摇杆。"

金家二老听过这话很是雀跃，觉得金铭到底还是不蠢，没有看错人。想想看也是自己的儿子大婚，慢待了叶影其实不过是不给自己面子，于是补给了叶影妈妈两百六十六万的彩礼，把原本就是替儿子准备的在金融街的婚房过给了金铭，替叶影买了辆跑车。

金铭平日里打理公司的事，叶影成天忙着购置家具收拾房间。有时一忙就忙到天黑，叶影总是泡一杯咖啡，走到落地窗前，看着马路上的车水马龙和对面的政协礼堂，她终于是放下了心，骨头也舒展了开来，在那一刻，她突然什么都不记得了，仿佛自己天生就是在这里，仿佛自己和金铭真的是天造地设的一对。她想自己终究没有看错北京，最终这个城市还是给了她一席之地。

在大家忙于毕业晚会时，突然听说白霜自杀了，没有人知道为什么，居然也没有太多人去谈论这件事，毕业让所有人都成熟而现实了起来，白霜像一个脆弱的传说，在这所大学的上空飘飘摇摇了几天，终究是被吹走了。

关于白霜自杀的原因，有好几种版本，自然传的最凶的一种便是白霜被退婚自尊心受不了就寻了短见。叶影在学校和白霜的父母打过照面，白霜的父亲搀着白霜的妈妈，对所有的人的态度都很温和有礼，五十出头的人头发已经花白，叶影看着他们远去的挺着直直的背影，觉得无比的凄凉。

叶影突然有些念起了白霜的好，虽然她从未了解过白霜，但她突然发现白霜是一个非常无害的人，似乎从上大学到毕业都是别人在中伤白霜，白霜总是沉默地独自承受着一切，孤独地活在自己的世界里。也许她唯一的执拗在于她并不曾让谁进入过她的世界，她的这种坚持无一例外的被认为是高傲，她并没有讨厌过谁，可是任何人都觉得白霜是鄙视自己的，所以大家集体给了她反击，白霜就像西西里传说里的玛莲娜，只有她变成凡人，众人才会原谅她。

白霜自杀也没有走寻常的路线，她死在了瑞士，有人传言说她是去安乐死了，也有人说她是失踪了然后被传成自杀了，不过更确凿一点的是说白霜在少女峰上直接跳下去了。但无论怎样，叶影想到白霜去瑞士的前一天自己还见过她，她还帮自己带了一顿晚饭。那时的白霜和这四年中任何一天的白霜没有任何区别，体贴有礼却让人有着莫名的距离感。叶影想到那时的白霜其实已经做好了赴死的一切准备时，突然觉得白霜活得是无比的寂寞。她安静的像深夜的湖，到死都没有任何一个人看到她内心的挣扎。

后来想想白霜其实是给了预兆的，她在瑞士发了唯一一张社交网络上她自己的照片。

照片上白霜涂着橘色的唇彩，穿着一身石榴红的连衣裙，背景是日内瓦湖。白霜在照片上附注：瑞士，很干净的地方。

悦悦离了婚，男方把那个房子留给了她，并没有给她什么钱。她把房子卖了，买了一个一百多平的小三居，把父母都接到了北京。

苏苏在悦悦离婚后去看过悦悦，悦悦似乎没有她想象中失落，她找了一份工作，每天和一帮毕业生混在一起，脸上有了因忙碌和生存压力激发出的生机和光泽。

经过了悦悦，杜威，苏苏想自己终究是对北京失望了，她想也许自己永远都是不入流的，她也终究是明白了悦悦曾经跟她说过的那些话。她想以她的好学校在家乡找到一份好工作并不是什么难事，又可以离家近一点，也许有一天，她会再回到北京，但不会是现在这样如此低贱的姿态。

苏苏临走前一天晚上特地叫了一辆出租车去了国贸。上了国贸桥时，苏苏朝窗外看去。她突然觉得很平静，不再有激动，或者失落。苏苏摇开车窗，伸出手去，北京这个曾经让她如此欲罢不能的情人，现在触碰她的肌肤和触碰一个玻璃杯没有了任何差别。苏苏把车窗关上，司机师傅笑着说："现在晚上天开始凉了。"

苏苏也应着，说："是啊，又到北京最好的时候了。"

北京依旧是没什么变化，除了冬天开始有雾霾，每一天都有无数人怀着激情与梦想来到这里，也有无数人疲惫地离开。太多人爱着北京，却终究等来的不过是心碎。

叶影后来也不再怎么想起曾经的几个室友了，她好像已经习惯了新的北京，一个不那么令人心酸的北京。可是突然间她又觉得一切失去了那么一点点味道，变得空白起来。

叶影想起曾经为之发疯的香奈儿手包，现在她已经非常明了它的制作成本最多不过是卖价的十分之一，当它变得没有那么高不可攀之后它终于变回了一个装东西的工具。叶影已经不再为之着迷，她甚至觉得只有冤大头才会去买，但是为了迎合别人的势利眼又不得不备几只。

有一天晚上，叶影半夜没来由的惊醒，她看看身旁熟睡的金铭，突然发现，自己已经不再爱他。可是已经无法没有他，也许，这就是婚姻。叶影想，过几年，她也许会有一个孩子，每日逛街做美容抛炫宝宝的照片，看上去和任何一个花瓶妻款太太一样没有内容，其实这并没有什么不好。

叶影总是路过一条胡同，有个老大爷每天清早总是在那里吊嗓子，叶影想，北京终于接了地气，可是北京最终也像那到了手的香奈儿手包一样不再高高在上，被随意的丢在地毯上。北京的生活突然也变成了柴米油盐的本来模样，这让叶影多少觉得有些心酸，像打碎了一个梦想。

叶影在一个酒会上碰到过一次林岳，她惊得细细的汗珠爬了一身，但林岳不过远远地冲她举了举杯子，就去应酬自己的朋友，在那一刻，叶影更加明白了这个圈子的规则。

金蔓想移民美国，叶影听了也有些蠢蠢欲动，叶影想，到了美国，北京也就真的是旧事了。生活，自然是在别处的。也许过几年，美国又会变成另一个旧梦一场。

可是，那又有什么关系呢，至少那时叶影不再那么年轻了，白霜，金蔓，苏苏也都不那么年轻了。北京，北京却永远是年轻的，丰盛的，她撩拨着自己丰软的身子安静地看着那些迫切的靠近她的年轻生命，依旧冷漠，依旧诱惑。